JN176319

目のつけどころはシニアに学べ

根本 明 著
（囲碁サイト「石音」代表）

未来総研プロジェクト

目次

■第3章　シニアに教えて気づいた「教えるとは何か」

■第4章　シニアビジネスでつかんだ「柔らかい視点」

■第5章　そして人生で大切なことは、シニアに学ぶ

あとがき

はじめに

あなたには今、何歳年上の友人がいますか。

3歳、5歳、それとも10歳ですか。10歳以上離れていると、友人と呼ぶのに少しちゅうちょするかもしれない。だが20歳だろうが、30歳、いや40歳だろうが、離れていても友人になることはできる。あなた次第だ。

シニアの友人、と言われてもピンとこない人もいるだろう。今の上司を友人とは呼べない。前の上司に時々飲みに誘われるけれども、友人とは違う。しかし、前の上司、学生時代の恩師、趣味で知りあった人、誰でもいい。自分の中で、その人との心の距離が少し縮まって、「友情」のサインが出始めたのを、見逃さないでほしい。なぜなら、その人こそ、あなたに大きな学びを届けてくれる人だから。

若いうちから積極的にシニアとの交流を広げ、シニアの友人を作り、シニアの視点を学ぶことが、人生をより楽しいものに輝かせてくれる。この本では、この思いを皆さんに伝えていきたい。

シニアとの関係は進化する

シニアの友人が、同世代の友人と違う点。それは、出会ってすぐ友人にはならない、ということだ。いきなり意気投合して、飲みあかし、語りあかすとは普通ならない。最初は上司、恩師かもしれない。趣味で知りあった人生の大先輩や雲の上の人かもしれない。それが、長い時間を経て、少しずつお互いの関係が変化する。その変化を楽しむ。これがシニアとの交流の醍醐味だ。同世代との交流では味わえない。

関係が変化するのは、数字からもわかる。18歳の高校生と36歳の先生は、年齢が2倍ちがう。20年後、2人の年齢は38歳と56歳。1・5倍に比率が縮まっている。年齢の比率が縮まるとともに、心の距離も縮まるものだ。この関係の変化は進化と言ってもいい。なぜか。

卒業20年目の高校の同窓会。恩師である先生も一緒に飲んだ。昔話で盛り上がる。気づくと先生が友人に近くなっていた。「先生」から「友人」に変化したというより、「先生」に加えて「友人」の肩書きが増えた感覚、皆さんにも経験あるだろう。「先生」から「先生＋友人」へ。だから進化だ。

「出会いの奇跡」とはよくいうが、出会ったあとの時間のすごし方次第で「進化の奇跡」ともなる。関係が進化するかどうかは、シニアではなく、年下の意識にかかっている。あなたが「友情」を意識できるかにかかっている。

シニアの友人にはもう一つ、同世代の友人とは違う点がある。ときに終生の別れがあることだ。友人への想いは、いなくなったその日から、新たなものに生まれかわる。思いだす頻度、深さが変化して、今もなお「学び」を届けてくれる存在になる。これも、関係が進化したと言っていいかもしれない。

目のつけどころはシニアに学ぶ

ＮＨＫの人気情報番組ではないが、衣食住といった日常生活の動作の一部をちょっと工夫する。目のつけどころを少し変える。それだけで、日々の暮らしが便利になる。ワクワク楽しくなる。皆さんにも経験あるだろう。

「おばあちゃんの知恵袋」が有名だが、この「小技」に関するシニアの知識は豊富だ。そして、毎日をどう生きるか、今をどう見つめるか、そういった「大技」も、シニアから学べることが多くある。シニアは日々、意識しないでその経験に基づいた知見を発信している。気づかないのはもったいないのだ。

この本では、僕が大勢のシニアとの交流を通じて、教わったこと、気づいたこと、磨かれた視点を、それぞれエッセーにして書き上げてみた。興味のあるエッセーをどこからでも読んでいただきたい。あっそういう見方もあるのか、と思うものが一つでもあれば、そして自分も、もう一歩踏み込んでシニアと交流してみようか、と思う気持ちが芽生えたなら、筆者としてこれ以上ない喜びである。

プロローグ

囲碁との出会い

僕は、中学生の時から囲碁に親しみ、自然に近所の大人たちと交流を深めてきた。学校から一歩出ると、同世代で囲碁をやる人はいなかった。街の碁会所に行っては、地元のおじさん、おじいさんに可愛がってもらった。

社会人になって、会社でも社外でも、歳の離れた囲碁仲間ができた。そして社会人10年目、囲碁仲間に応援してもらい起業した。インターネット上で囲碁を楽しむサイト『石音（いしおと）』を立ち上げた。そして10年が経った。

趣味や仕事を通じて交流したシニアは、千人はくだらない。その数は、同世代では多いほうかもしれない。意識をしたわけではなく、自然と多くのシニアに出会い学ばせていただいた。幸運に感謝である。

2014年6月。囲碁を日本の国技にしようという、壮大なビジョンを掲げた社団法人「全日本囲碁協会」が立ち上がった。86歳の理事長をはじめ、中心メンバーは80代。囲碁界のレジェンドと呼ばれる人が結集した。平均寿命をゆうに越えてから新しい全国組織を立ち上げ、全国を奔走。発せられる言葉、一言一言には力があった。まさに「人生意気に感ず」、話を伺ってすぐ僕も参加を決めた。

自分より40歳年上のメンバーと、いつも膝を突きあわせて侃々諤々である。こんなに楽しいことはない。こんなに素敵な「学びの場」はない。

シニアとどう付き合うか

歳ではなく中身で付きあう。年上の方に対して礼儀はわきまえる。人生の先輩であることにリスペクトは当然。しかし、そこから先は何歳違おうと、人対人の付きあいだ。

こういう考え方が身に着いたのも、僕にとっては囲碁の影響が大きかった。

「俺を年寄扱いするな」

「俺を若造と一緒にするな」

多くのシニアは、こんな矛盾を心の奥に持っている。かしこまりすぎるのも駄目。無礼なのももちろん駄目。普通がいい。このことに気づいて行動できる若い人が少ない。

なるべく肩の力を抜こう。

若い人は、シニアに対してかしこまりすぎる。こちらが「教えを乞う」姿勢で接すると、相手も自然と「教えてあげよう」になってしまう。いつも「先生と生徒」になってしまっては、もったいない。

「教えてください」

「あぁそれは、こういうことだよ」

このやりとりには即効性がある。右か左か、明日決めないといけない時には有効だ。だが、即効性があるものは、しばしばすぐ忘れる。すぐ効果がなくなる。

相手に自分を教えようという意識がない。自分も相手から教わろうという意識がない。つまり、2人の役割がはっきり決まっていない。そんな関係で「気づき」が生まれるのには、時間がかかる。何年、何十年かかるかわからない。だがそれは、時間がかかった分、間違いなくあなたの人生航路を、正しく、長く、力強く導いてくれる「気づき」となる。

どんなシニアと付きあうべきか。

最初から自分で選ぶ必要はない。出会った人全員と、まず素直に接してみることだ。何歳離れていてもいい。

その人が人生の先輩であると同時に、友人という感覚が自分の中で芽生えてきたら成功だ。なぜか。あなたが「友情」を感じた事実が、その人の、人としての器量の大きさを物語っているからだ。はるか年下のあなたを、年齢、性別、肩書きを越えて、一人の人間としてリスペクトする力がある、ということだ。

自分で選択せずとも、付きあうべき年上の人は、自然とスクリーニングされる。何年付きあっても、心の距離が縮まらない人もいる。無理にそれ以上近づかなくていい。自然でいることが、本当に大事な人を見分ける近道となる。

シニアと友情を深めていくには、自分の人間力も問われる。打算的に関係を築こうとすると、当然友情は生まれない。同世代との友情と同じだ。ギブアンドテイクとか難しく考える必要もない。テクニックの話ではない。

「その人と過ごす時間が楽しいかどうか」

「その人と出会えたことに幸せを感じるかどうか」

心に聞くのは、この2点だけでいい。自分がそう感じたのなら、相手にもそう感じてもらいたい、という気持ちになるだろう。そのキャッチボールが始まったとき、何歳違おうと、友情が芽生えたと言っていい。

なぜいま、シニアとの交流なのか

僕が社会人になった20年前と比べて、今は転職のハードルが下がっている。数年で会社を移り変わる人が増えた。だからだろうか。「どこにいっても通用する力」をつける大切さが、世間で喧伝されている。自己啓発意欲の高いビジネスマンは、本を読み、セミナーに通い、講演を聞くなどして自分を磨く。もちろん有効な手段だ。そこにもう一つ選択肢を加えていただきたい。シニアとの交流である。

「どこにいっても通用する力」とは何か。端的にいえばそれは、人間力である。想定外のことに負けず、仲間とともに明るく強く生きる力である。この力をつけるには、あなたを、どこの社員でもなく、部下でも後輩でも若造でもなく、一人の人間としてみてくれる人と付きあうのがいい。経験豊富な、なるべく歳の離れた人と付きあうのがいい。

あるとき、自分の事業が大きなトラブルに巻き込まれたことがあった。納得がいかない僕の頭は、「どう戦うか」で一杯だったが、こう声をかけてくれた方がいた。

「君なら戦わなくても、うまく事を収められると思うよ」

正しいか正しくないか、だけを判断して、つい熱くなりがちな僕の性格をふまえて、「がんばるところはそこじゃない」とさりげなく教えてくれたのだ。

シニアの言葉は、たいていトーンが低く、表現も抑えられたものになる。だが細部に目を配られた一言は、小声でポツリと発せられたとしても、しばしば本質をつく。その言葉は、広く一般に向けた本や講演とは違い、あなただけに「カスタマイズ」されて届けられる。あなたを見てくれているシニアの言葉を、本や講演と同じく、いやそれ以上にあなたの「学び」にできるかどうか。それはあなたのこころがけ次第だ。シニアを単なる「先生」「先輩」と思わない意識がカギとなる。

いまや検索エンジンのおかげで、何でもすぐに知ることができる時代になった。知ろうと思えば5秒で答えがわかる。知ることの価値は、少しずつ、着実に日々下がっている。

だが一方で、知らないことは検索ができない、ということに、そろそろ気づかなければならない。知らないことは、知ろうとさえ思わないからだ。知ろうと思ったことだけを知っていては、自分の世界は広がらない。

だから、自分が知ろうと思わないことを教えてくれる存在が大事になる。世代が違い、感性も違うシニアは、検索では見つからない、あなたにとっての新しい世界を案内してくれる。

検索をいっさいせず、自分の知恵と好奇心をたよりに元気にくらすシニアの存在は、僕の「検索至上主義」に待ったをかけてくれている。

シニアに磨かれる視点

僕がシニアに学んだ視点は、大きく2つある。「言葉の感覚」と「時間の感覚」だ。

言葉のイメージに惑わされない姿勢。これをシニアから学べたのは、僕にとって大きな財産だ。言葉を大事にするシニアは、流行語を追わない。言葉の本質を見極める目をもっている。イメージの強い言葉に対して、僕らは自然と「思考停止」しがちだ。「先生」や「新規事業」などがそうだ。思考停止していることに気づくのは難しいが、その言葉が自分にとってどういうものか、もう一度考えるきっかけを与えてもらった。

人生で時間に限りがあることは誰もが知っている。しかし今を、「いつの今か」と意識する姿勢。若いうちは忘れがちだ。シニアの視点は、若い人の視点よりも遠くに向けられている。残りの人生の中で、今日をどう生きるか、どう輝かすか、そういう視点をもっている。若い人は、忙しさのあまり、今が人生の中でどういう一点か、あまり考えないで毎日が過ぎる。今日という日が、「今週の今日」、「今月の今日」。遠くまで見すえたとしても、「今期の今日」までとなる。時間が多く残されている若いうちから、遠くから今を見つめる目も持って日々を過ごしたい。

ときにシニアから、反面教師的に学ぶこともある。年齢を重ねるにしたがって、何事も失敗しない選択をしようとする意欲が高くなる。新しい事、新しい自分を見つける意欲が少しずつ減っていく。

大人には義務教育がない。だから強い興味がないと、その世界に入って中をみることができない。自分が夢中になるかもしれない世界の大部分が、眠ったままで人生を終えることになる。そしてそのことに、ほとんどの人が気づかない。

ここに光をあてる事業は、大きな可能性を秘めているのではないだろうか。そんな視点もシニアに学んだものの一つだ。

さて、これから一緒に、シニアに磨かれた視点を見ていくこととしよう。

第1章

シニアは背中で教えてくれた

37歳年上の親友

僕が新入社員として商社に入社したとき、Sさんは61歳。すでに会社の顧問だった。普通であれば同じ社内とはいえ、雲の上の人で接点はない。囲碁を通じて交流できたのは幸運だった。Sさんは社内で100名近い部員のいる囲碁部の部長でもあった。僕は入社1年目の終わりにその部長を、Sさんから引き継いだ。それから10年後、僕は独立して、囲碁対局サイト「石音」を運営する会社を立ち上げた。Sさんは創業当時からその会社の株主、取締役となって支えてくれた。

Sさんは、上司部下を問わず、歯に衣着せずはっきり発言することで有名だった。僕も囲碁部の運営についてよく怒られた。社内で開く大会の出欠をとって報告したときのことだ。

「何度誘ったのかね」

質問の意味がわからなかった。全員にメール、電話で一度ずつ確認をとったと返答したら、すぐ雷が落ちた。断られても誘い続けろと。10回誘ってようやく1

回参加する人もいる。もう誘うなと言われるぐらいまでお前はやったのかと。

正直にいえば、最初少し煙たく思っていた。若いがゆえに、何もわかっていなかった。やる以上は遊びだろうが、いや遊びだからこそちゃんとやれ。そういうメッセージだった。

ある時、待ち合わせで大幅に遅れてしまったことがあった。当時まだ携帯電話も持っておらず、遅れる連絡ができなかった。普段の様子から、どれだけ怒られるかと覚悟した。だが、到着後、何度も謝る僕に対して、まったく意に介していない様子だった。

「ちょっと煙草を買ってきてくれるかね」

怒りを押し殺しているようには見えなかった。目が笑っていた。待っている間に煙草がきれたらしい。拍子抜けした。煙草を買いながらふと気づいた。

「この人は、自分の損得では怒らない」

それから、僕の中でその方の存在、ポジションが一気に変化した。予想してない驚くべき変化だった。素直に耳が傾くようになったのだ。20年間の交流を輝かせる、大きな『気づき』だった。

囲碁に夢中になり、よく街の中華料理店のワンタン麺を出前でとった。かならずぴったり割り勘だった。しかし高級店では何度もご馳走になった。

タクシーに乗る時、吸いかけの煙草は捨てずに一旦消して、下車後にまた火をつけて吸っていた。行動は大胆かつ豪快ながら、遊びだろうと決して細部を疎かにしない。社会人生活が始まったばかりの僕にとって、そばにいることでしか学べないことが多くあった。

新人の夏休み。課の先輩が優先で、僕は秋になるまで休めずにいた。そんな折、一本の内線電話が鳴った。

「根本君、君は今年の夏休みは、もう取ったのかね」

Sさんの、少ししゃがれた独特の大きな声が、電話口から聞こえてきた。中国への囲碁ツアーに一緒に行かないか。誘いの電話だった。特に予定もなく、中国も行ったことがない。二つ返事でOKした。

あとで知った。僕がまだ夏休みを取得していないこと、予定がなさそうなこと、この日程で1週間休みを取ること。すべて課長に根回しができていた。会社とは、そういう所なのだと知った。

「えっ、一親等？　二親等？　それはね、君ねぇ、一緒に行く根本君は、家族のようなものなんだよ。わかるね。なにっ、権限がない？　ではこの話ができる人と、変わってもらえるかな」

Sさんの部屋に挨拶に行くと、航空会社と何やら電話で交渉していた。いつもの大きな声だった。自分のマイレージを使って、僕を中国まで連れていってくれようとしていたのだ。

「家族のようなものなんだ」

暖かいセリフだ。僕は直立不動で、電話が終わるのを待った。熱いものが心に流れた。今思えばこの瞬間が、親友のはじまりだったのかもしれない。

新人が最初の夏休みに、顧問と2人で海外旅行。ちょっと珍しいかもしれない。周囲の先輩から、驚きと心配の声があがった。その反応は理解できなかった。なにしろ囲碁仲間と一緒に、中国に囲碁を打ちにいくだけなのだから。

「根本君、この席久しぶりで愉快だよ」

20年ぶりのエコノミーだそうだ。僕に合わせて下さったのかと、最初勘違いをした。違うのだ。機内で対局したいのだ。狭いエコノミーの方が隣同士が近い。

僕は事前の指示どおり、マグネット式の碁盤を機内に持ち込んでいた。

「もう水平飛行じゃろう。さっ早く、盤を出しなさい。盤を」

横を見ると、大変失礼ながらゲートに入ったばかりの競走馬のようである。鼻息が荒い。早く走り出したくて仕方がないのだ。機はやっと離陸して1、2分。窓の外は雲のなか。体重がまだかなり背中にかかっている。

「えっ、まだ全然水平じゃないですよ。もう少し待ちましょう」

至極まともな返答をしたつもりだった。

「何を言っておるんだ。もう水平飛行じゃ」

語気が強くなった。囲碁で怒らせたら、日本で右に出る者はいない。仕方がない。そっとトレーを出して碁盤をセットした。離陸直後の機上対局が始まった。

「お客様、まだトレーは出さないでください。危険です。直ちにもとにお戻しください」

案の定、すぐスチュワーデスが飛んできた。いい大人の2人が、小学生のように怒られた。素直に小さくなるしかなかった。笑いを押し殺すのにひと苦労。おかしくて仕方がなかった。

一週間の旅行は、思ったよりハードだった。30人の団体ツアーである。中国の囲碁ファンとの交流対局、万里の長城や兵馬俑の観光。

合間にツアーを抜けだして、会社の中国駐在員との会合もセットされた。会社の幹部同士が、社のこれからの展望やアジア情勢など、難しい話をしていた。僕は北京ダックと上海ガニ、両者との交流に集中するしかなかった。入社して半年の新人には、話の内容がまったく分からなかったのだ。

朝から晩まで一日中、観光と対局。スケジュールがびっしりだった。さぁやっと休めるか、とホテルの部屋に帰った。ところがSさんは先に部屋に戻っていた。

「さて根本君、打つかね」

これである。

限界を越えろということか。毎晩深夜2時まで囲碁漬けだった。還暦を過ぎている方には到底思えない。商社マンの体力は恐ろしいものだった。

2013年2月某日。Sさんが急性心不全で亡くなった。親族以外でこれほどの喪失感に襲われるとは、思わなかった。Sさんの言葉がある。

「人は3つの場、修羅場、土壇場、正念場を経験して成長するものだ」

僕は、大きな精神的支柱を失い、人生初の正念場に直面した。

80歳目前だった。Sさんは誰よりも囲碁を愛し、囲碁を愛する人を愛してくれた。亡くなったのは深夜0時すぎ。自宅でパソコンの前だった。画面では、ネットで対局していた様子がそのままだった。近くのプリンターには、1万局に及ぶ戦績が印刷されていた。好きなことをしながらの突然死。ピンピンコロリの典型だ。まさに全国の囲碁ファンが望む、最期の瞬間だともいえる。


人は亡くなったら魂が誕生する。だから葬式は魂の誕生会だ。こう教えてくれた人がいた。その人を思いだす頻度、深さ、中身は、亡くなった時から、それまでとは別物になる。例えば生前、長らく気持ちが離れていたとしよう。しかし亡くなったあと、寂しい思いが込みあげることもある。その人のこと、素直に語れるようになることもある。交流があった人、すべての人の心のなかで、今までとは違ったその人が生まれる。これが魂の誕生なのだろう。

葬儀のとき、光栄にも弔辞を読むことになった。37歳年上の親友に向けた、人生初の弔辞だった。不思議と涙は出なかった。飛行機のエピソード、会場は小さな笑いに包まれた。Sさんの魂が、誕生した瞬間だった。

青函連絡船

旅は、行きたいと思った瞬間から、もう始まっている。

旅行会社のキャッチコピーではない。

Nさんは、僕が小学４年生から入隊したボーイスカウトの「隊長」だった。僕が10歳のとき隊長は25歳。子供の僕にとっては『シニア』だった。小学生高学年から高校生までの7年間、ボーイスカウトの活動としてではなく、個人的に２人で旅をした。奈良、京都、鎌倉の古都めぐり。秩父や奥多摩でのハイキング。伊豆や箱根の観光。若干10歳そこそこから、神社仏閣や自然に親しむ機会を多く与えてもらった幸運に、感謝しかない。

「明、そういえば青函連絡船が間もなく無くなる。いまから乗りにいこうか」

1988年の正月。東京府中市にある大國魂神社で初詣を終えたばかりだった。一緒にお参りした隊長のセリフに、びっくりしたのをよく覚えている。あのとき僕は高校2年生だった。

「すみません。函館まで2枚ください」

当時の国鉄（南武線）が通っていた分倍河原という駅の改札で、隊長は切符を購入してくれた。青函連絡船は国鉄の鉄道連絡船。函館まで1枚の乗車券で買えるはず。そう言った隊長は、いたずらっ子の目で笑った。駅員の反応を楽しみにしている顔だった。

東北新幹線で盛岡まで行き、特急に乗り換えて青森に着いたのは、21時をまわっていた。今朝家を出るときは、昼に隊長と初詣をしたあと、ゆっくりお茶をしながら、今年はどこに行こうかと旅の話で盛り上がる予定だった。本当なら今頃家で夕食を済ませ、正月のテレビ番組でも見ている頃だ。しかしなぜか今、都内より10℃は寒い零下の世界、青森にいる。こんな楽しいこと、ほかにあるだろうか。

青函連絡船に乗りこんだのは、日付が変わりかけた深夜だった。切符は自由席。つまり雑魚寝だった。少し横になったが、興奮状態で当然眠れなかった。横になると船の揺れ、船体の傾きを全身で感じることができた。その年最初の夜は、青函連絡船の中で静かに過ぎていった。

函館に着いたのは早朝の４時半ぐらい。空を見上げても、まだ朝がおとずれる気配はない。青森よりもさらに2、３℃下がったようだ。東京の冬仕様の恰好だから余計に寒く感じた。

「戻りの船まで少し時間あるから、ラーメン食べに行こう」

そうだった。目的は、北海道は函館、に来ることではなく、船に乗ることだった。帰りの便は朝7時すぎ。ふだんなら賑わいをみせる朝市も、正月休みで静まりかえっていた。僕ら2人は、深夜から早朝に移ろうとする函館の街を散歩した。ようやく見つけた一軒のラーメン屋に入った。

身体が温まったからだろうか。食べ終わり外を歩き始めると、先ほどより寒くは感じなかったが、吐く息はますます白くなった。見上げると、東の空が綺麗なグラデーションで明るくなっていて、夜明けが近いことを教えてくれた。

昨晩はほとんど寝ていないのに、不思議と眠さは感じなかった。高校生の僕は、経験したことのない非日常に小躍りしたい気持ちを抑えながら、「隊長」と並んで歩いて港にもどった。

その年二度目の朝日が昇る頃、僕らの短い北海道滞在は終わりを告げた。

無計画という名の計画

「夏休みの計画を出しなさい」という宿題が遠い昔にあったように思う。計画は立てるもの。立てたほうがいい子だ。学校ではそんな教育を受けてきた。

しかし僕はいつから外れていったのだろう。やはり子供の僕を、全国各地に連れていってくれた15歳年上の「隊長」の影響が大きい。頭がまだ柔らかかった僕に、無計画の神髄を味わせてくれた。学校で基礎を学んだうえに、学校の外で『シニア』から応用を学ぶ機会があったのは、今思えばかなり幸せなことだった。

計画がないのは無計画だ。しかし、意思をもって計画を立てないのも無計画だ。

この二つ、同じにしては少しかわいそうだ。選挙で白票を投じるのも、選挙に行かないのも、結果への影響は同じ。しかし意味は大きく違う。選挙に行かないのも、面倒で行かないのと、意思をもって行かないのは意味が違う。

20歳の時、人生初の海外に行くチャンスが巡ってきた。一人旅で一か月間、オーストラリア旅行だ。シドニー行きの飛行機、西海岸パース発帰りの飛行機しか事前に予約をしなかった。自分の息子が初めての海外に行くというので、母から聞かれた。

「誰と行くの？　予定はどうなっているの。どこに泊まるの。どこに行くの。いくらかかるの？」

よくまあ矢継ぎ早にこれだけ質問が出るものだ。

長男がトンネルを掘る役目なのは、自覚していた。余計な心配をかけるのは、きっと正しくない。母には一泊目はシドニーのホテル「ホリデーイン」を予約したと嘘をついた。シドニーに「ホリデーイン」があるかどうかは、調べなかった。この時の気持ちを今でもはっきり覚えている。計画を立てなかったのではなくて、立てたくなかったのだ。

二度目の海外のときは22歳でアラスカ旅行だった。この時は返答も少し進化させた。友人たちは、真冬のアラスカに一人で行くのを一様に不思議がっていた。

「根本、アラスカに何しにいくの？」

「アラスカに何かあらすか？」

僕は大まじめに答えた。

「その答えを探しに行くんだよ」

「またまた。おい、かっこつけて意味不明のこと言うなよ。それでどんな予定なの？」

「計画は立てたよ。無計画っていう計画」

「だめだこりゃ。行く前から頭が凍っている。とにかく気をつけて行ってこいよ」

計画が無いのと計画を立てないのは違うんだ。

そんな僕の心の声をわかってくれる人は、そばにはいなかったが、それほど気にならなかった。友人の心配や親の気持ちは嬉しかった。
あのとき僕は、自分が立てた壮大な「無計画」に、ただワクワクしていた。

代打「俺（オレ）」

10年来の囲碁仲間であるY氏は僕より20歳年上だが、見た目も気持ちも大変若く、アクティブシニアの典型だ。僕と同世代の面々からも慕われて、ヨネちゃんと呼ばれている。数年前にパソコンの家庭教師事業を一緒に立ち上げた。その事業は、おばあさんがキーボードを1本の指でたたくイメージから、「ゆびおと」と名づけた。過去に10数社の経営経験があるヨネちゃん。普段は僕をはじめとした若いメンバーに運営を任せていて、ときおり、交渉や営業の要所では最前線にも立った。彼からは、代打「俺(オレ)」、という作戦を学んだ。

代打で「俺（オレ）」を出すには、３つの条件がある。
1　監督が自分である

2　普段は他の選手が出ている
3　打席に立てる自信がある
まず、代打を命じる監督が、自分でなければならない。

自分の頭の上に、自分の運転席があるとしよう。その席にいつも自分が座っているだろうか。サラリーマンであれ、自営業者であれ、主婦であれ、立場は関係ない。自分の意思で生きているだろうか。

次に、普段は他の選手が出てなければならない。

自分一人で打席に立とうとしていないだろうか。何でも自分でできてしまう能力の高い人が陥りやすい。他人に頼らなくなる。他の人の話に耳を傾けなくなる。すぐに成長が止まる。

最後に、打席に立つ自信が必要だ。また打席に立てる力がある、と気づいているだろうか。過去の打席の空振りや凡打。過去の打率を考えて自信を無くしてしまっていないだろうか。失敗フォルダーに入れて塩漬けになっている経験こそが立派な自分の応援団になる。

「事業を立ち上げるのに打率は気にしなくていい。打席に何度立ったか、打数が大切なんだ」

ヨネちゃんの口癖だった。

自分を成長させるエンジンは２つある。

「自分を信じること」

「自分を疑うこと」

どちらか片方ではなく両方必要だ。自分を信じる力が、努力する自分を後押しする。自分を疑う力が、もっと努力をしなければと気づかせる。

代打「俺（オレ）」作戦の眼目は、選手と監督、両面から自分と向き合うことにある。自分を信じる機会、自分を疑う機会、どちらもやってくる。

ピンチになったときこそ、代打「俺（オレ）」作戦が助けてくれるだろう。焦る自分、怒る自分、感情的になる自分。これを冷静に見つめる、もう1人の自分を代打で指名する。そして代打で指名された俺（オレ）が、前向きなプラスの面に気づくのだ。

寅さんは気づかない

映画の寅さんと言えば、ご存じの通り恋愛に関しては失敗ばかり、初心者だ。

しかし恋愛に悩む若者に対しては、

「お前いいか、芸者は座敷で口説くもんだ」

上から目線で達人のごとく。

旅先で義弟のお父さんに、今昔物語を紹介されると…

「へぇ、こんにゃくの作りかたが書いてあるんだ」と寅さん。

しかしその数日後、義弟に諭すように言う。

「いいか、これは今昔物語といってな」

まるで小さい頃から人生の書にしてきた人の口ぶり。寅さんの話を聞いた相手は、すっかり心を動かされる。映画を見ている側は当然、

「どの口が言うか、自分を棚にあげて」

となって、そこがユーモアのツボ。自分を棚にあげる。気づかない人のことだ。

「あなたの声を聞かせてください」

役所によく置かれている、みんなの意見箱。見つけた寅さんは、「あー」と大きな声をその箱に聞かせる。当然何も返答がない。首をかしげて立ち去る寅さん。まったく気づかない。見ている側は、何で気づかないのかと、ほっこりする。笑いが起きる。

「釣りはいらねぇよ。お孫さんが送ってくれた電気アンカの電気代の足しにでもしてくれ」

釣りはいらない、と恰好つけるときは大抵気づいていない。そもそも、そのお札1枚では勘定が足らないことを。

寅さんといえば、マドンナに恋してフラれる、のイメージが強い。

だが実は、寅さんの優しい眼差しは、綺麗なマドンナ以外にも、老若男女に関係なく向けられている。恋した人の数よりも、愛情を注いだ人の数のほうが多いのだ。

下駄の鼻緒が取れてしまったおじいさん。声をかけて治してあげる。飲み屋で飲み代が払えないおじいさん。少ない持ち金の中から肩代わりしてあげる。大きな荷物を背負ったおばあさん。声をかけて荷物を家まで運んであげる。

普通の人なら気づかないことに、いや気づいても動けないことに、気づいて行動する力がある。人間愛の力がある。

誰もが気づくことに気づかない人が、誰も気づかないことに気づく。このギャップと、ベースにある人間愛が、多くの人に愛されるキャラを作っている。男女年齢、そして肩書きを見ず、人を見て愛する力が、愛される力を育んでいる。

気づかない人。少し迷惑な人もいるだろう。少し変な人もいるだろう。だが愛すべき人もいる。愛すべきキャラの人は、たいてい気づかない。

どちらかといえば、それは気づいたほうが人生楽しいかもしれない。しかし気づかなくても楽しめる人がいる。愛される人がいる。寅さんは気づかなかった。そして誰より愛された。

日本一熱い男の、熱くない解説

真に熱い人が冷静に語るとき、伝わるものがある。

錦織圭の活躍で最近、松岡修造のテニス解説を聞く機会が増えた。

修造といえば、オリンピック中継やスポーツ解説で笑ってしまうぐらい、熱いので有名だ。いまやテニス界というより、スポーツ界全体の応援団長として活躍している。

その彼が、本業のテニスの解説のとき、熱くないのである。しかしその熱くない解説が、とてもいいのである。なぜいいのか。

1．リスペクトのある解説

「圭は僕の師匠なんです」

この言葉、何回聞いただろう。修造が錦織の試合を解説するたびに発信されている。修造もテニス日本一を10年守った男である。日本の個人スポーツで、10年トップを張った人が何人いるか。その彼が、20歳以上年下の錦織を公共の場で師匠と呼ぶ。

「僕は精神面しか教えられませんでした。テニスを教えてはいけなかったのです。それぐらい才能は飛び抜けていました」

これを小学生の錦織に感じて、実行できた修造が凄いではないか。

二回りも年下の錦織にとって、修造は『シニア』な存在だ。シニアから全幅の信頼をよせられることで、子供ながら錦織の自信は揺るがないものになった。そして10年後、彼は大きくはばたいた。

2. 空気を読まない解説

「今日の相手とは、圭ははっきりいって分が悪い」

試合前、修造の発言に驚いた人も多いだろう。

サッカーワールドカップの日本戦で、あの熱狂的な試合前の雰囲気で、

「今日の日本は負けるかもしれません」

と言う勇気があった解説者がいただろうか。

当然修造は、視聴者全員が錦織を応援していることを知っている。何より彼自

身が日本一の応援団長だ。そこでいつもの通り
「勝てる、お前ならやれる！」

を出すこともできただろう。しかし彼は自分を抑えた。テニスのプロとして、解説のプロとして。空気に飲まれず空気を読まず、冷静にコメントした。

「圭は分が悪い」

意表をつくこの言葉から始まった解説を、視聴者は信頼して聞けただろう。

プロ野球の試合で解説者が、打者が空振りしたあと
「今日の○○投手は球が切れていますね。調子がよさそうです」

という。視聴者からすれば、空振りの前にこのコメントが欲しい。仮に打たれても、球が切れていればそうと、調子がよければそうと解説してほしい。

修造の解説は、一球一球、ポイントにつながったかとは関係なく発信されている。

「今のショットは相手が取れなかったですが、これを続けると危ないです」

「今のリターンはネットにかかりましたが、これでいいのです。続けるべきです」

空気を読まず流されず。冷静な解説が、視聴者に大きな説得力を与えている。

3．オフのある解説

解説をしないという解説。雄弁で熱い松岡修造ならではの武器だ。修造の解説には、はっきり「オンとオフ」がある。オフとは、何もしゃべらない時間のこと。今までワンポイントずつコメントしてきたのに、急に数ゲーム連続で無言になるのだ。

「ここは黙っていますので観ていてください」

と言ってから黙るのではない。何も言わず前ぶれなく急に「ただ黙る」。

修造が誰よりもテニスを愛するからこそ伝わる、沈黙の力。

オフのある解説は、ずっとオンの解説よりも力がある。

誰よりも熱い男、松岡修造。

その彼が熱さを捨てた時、解説の質が格段にアップした。そして試合後のインタビュー。勝った錦織に対して16秒間、修造は無言で拍手し続けた。画面に修造は映らず錦織のまま。これは放送事故か。

いや、試合後にまた、あの熱い男が戻ってきた瞬間だった。

小粒でもピリリ

『シニア』はいつも何かいいアドバイスをくれるわけではない。普段、頻繁にコミュニケーションを取っているわけでもない。しかし、たまにその人に会うと、自然と心が開かれる。親しみが沸く。友情と尊敬の念が同居する。

あなたのまわりに、もしそんなシニアがいたら、その人はあなたにとって素晴らしい友人になる、有資格者だろう。

そういう人には共通点がある。「参照力」が強い。

「参照力」

聞いたことがあるだろうか。ないはずだ。いま僕が造ったばかりの言葉だ。

参照するとは何か。

「照らし合わせて参考にすること」

と辞書にある。もう少し詳しく書いてあるところもある。

「独立した2つの事を関連づけ，一方の事から他方へ案内すること」

これを行う力を参照力と定義してみよう。

わたしたちは毎日の会話で、自然と参照力を駆使している。例えば学校の先生がテストの答案を返すとき、こんなひとことを添えてあげる。

「今回はよくここを間違えなかったね」

これは参照力のたまものだ。前回その子がまちがえた部分を覚えていないと、言えない言葉だからである。

参照力。相手の気持ちをほんわかさせるスパイス。素敵なコミュニケーションの道具だ。誰でも自分の話を聞いてもらいたい。覚えておいてもらいたい。だから、あの話を覚えてくれている、と嬉しくなる。

この人素敵だな、と思わせる力のあるシニアは、みな第一声からこの参照力を駆使している。相手の立場や年齢に関係なく、人として相手をリスペクトする意識があるからこそ、発揮できる力だ。

その人の過去の発言や表現を参照して、会話にうまくまぜる。少し時間を置いて使うとさらに効果がある。言った本人も忘れているぐらいのタイミングでもいい。一瞬の間のあと、相手は思わず笑顔になるだろう。気持ちが伝わるだろう。

一流ホテルのコンシェルジュは、日々この参照力を駆使している。顧客の食事の好みを記憶する。そして次回の滞在時、さりげなく部屋のインテリアに活かす。観光案内の参考にする。喜んでもらいたいと想像して創造する。まさにサービスのファーストクラスだ。喜んでもらえないかもしれないリスクも取る。その心に顧客は感激する。

参照力を発揮する手軽な道具がある。切手である。

僕のサイト「石音」のメンバーは文字通り老若男女、居住地は全国にわたる。会員登録の際、なるべく記念切手を貼ることにしてきた。料金も手間も余分にはかからない。

年配の女性には季節感を盛り込んだものや花の切手を。若い女性には「ほっとする動物」集から。年配の男性には、その土地に関係する史跡の切手を貼る。

最近のお気に入りは「正倉院の宝物シリーズ」。第一集には「木画紫檀棊局

（もくがしたんのききょく）」と呼ばれる聖武天皇の碁盤がデザインされている。囲碁ファンであれば、この切手が貼った申込書は喜んでもらえるかなと思っている。

参照力。この力、特別なものではない。皆さんもきっと毎日発揮している。ただ残念なのは、ぴったり表す言葉が見当たらないことだ。「おもてなし」は参照力の一種。だが重なっているのは一部。名前をしっかりつけて大事にしたい。そしてこの力をもっと輝かせたい。

参照力。小粒でも侮れない力であるのは間違いない。

誰がプロか

「プロ」という言葉の意味を、「それでお金を稼ぐ人」とすることに異を唱える人は少ないだろう。

だからほんらい、報酬をもらって働いている人は全員プロである。社会人になってから現役を退くまで、ずっとプロである。しかし、社会人が皆プロと呼ばれるわけではない。

「プロ」には二種類ある。技術を見せて競う「腕のプロ」と、楽しむ場を提供する「場のプロ」だ。どんな業界にもこの二種類のプロがいるはずだが、「腕のプロ」だけがプロと呼ばれる世界がある。テニスやゴルフ、囲碁など競技の世界である。テニスコートやゴルフ場、碁会所のオーナーなど「場のプロ」をプロと呼ぶ人はいない。

このような、「プロ」のイメージが固まっている業界は、「場のプロ」がプロとしての矜持を持ち続けづらい。プロと呼ばれないプロだからである。つい自分がプロであることを忘れてしまう。

囲碁界は、まずこの固まった「プロ」のイメージを変えていかなければならない。「腕のプロ」と「場のプロ」に優劣はなく、互いにリスペクトしあい、業界を盛り上げていく必要がある。僕にこう教えてくれたのは、二人の『シニア』だった。２０１４年に設立された社団法人『全日本囲碁協会』の中心メンバー、UさんとKさんである。

二人とも僕より40歳近く年長ながら、囲碁普及にかける情熱、行動力は驚異的だ。

Uさんは定年後、東京駅八重洲の地下街という一等地に、日本でも最大規模の、碁盤が100面以上おける碁会所を、退職金をはたいて立ち上げた。Uさんが八重洲に出勤しない日は一年を通じてほぼゼロだそうだ。20年間、来る日も来る日も多くの囲碁ファンを楽しませてきたのだ。定年後に起業して、これだけ長い期間、走り続けている人をほかに知らない。そして理不尽だと思うことは「腕のプロ」に対してであっても歯に衣着せず強く発信する。とにかく熱い。僕のところにもしばしば、早朝5時にメールが届く。

Kさんは「不夜城」として名高い新宿歌舞伎町で、全国でも例のない「24時間営業」の碁会所を経営してもう33年になる。Uさんが「剛」とすればKさんは「柔」の人。人の話をじっくり聞いて、最後に自分の意見を言って皆を引っ張っていく、兄貴肌のシニアだ。Kさんの「われわれ碁会所こそが囲碁のプロ」という言葉にはとにかく力がある。「腕のプロ」を否定しているのではない。「場のプロ」の同志を鼓舞しているのだ。

「碁会所を運営する僕らもみんなプロなんだ」

実はUさん、Kさんに会う前から僕は、ツイッターやブログなどで同じ声をあげていた。いま思えばそれは、経験というより、頭で考えてたどり着いた意見を発信していただけだった。

幸いなことに、二人と出会い、幾度も囲碁談義に花をさかせ、侃々諤々のやりとりをする時間を持てた。僕はまだ10年しか、それもネット上でしか碁会所を運営していないが、同じ業界に身を置くものとして気づくことができた。碁盤が100面ある巨大な碁会所の運営や、年中無休で24時間営業を何十年と続ける大変さをである。二人の囲碁への情熱の深さ、熱さ、そしてプロとしての矜持もである。

二人から同じ言葉を聞いたとき、自分の中で沸き起こった「確信」があった。

「僕もプロだ」

これが、表現は同じでも新たな学びだったと気づいたのは、つい最近のことである。

第2章

「常識を疑え」はシニアに教わった

子供のころ言われたこと。大人になって大事なこと。

囲碁では最初、「考えて」打つように教わる。自分なりに考えて打って、失敗して、反省して成長する。そのサイクルをまわす。上達して高段者になると、直感が磨かれ、だんだん考えなくても打てるようになる。プロは考えなくてもほとんど打てる。考えないで打てるからプロともいえる。

「考えなさい」からスタートして、「考えなくても打てる」がゴールだ。

テニスでは最初、どこに力を入れるといい球が打てるか、練習を繰りかえす。上達すると、今度は力を抜く技が必要になる。プロの試合を見ていると、力の抜けた柔らかいショットが打てる人ほどランキングが高い。力を入れる方向ではなく、力を抜く方向でレベルの差があらわれる。

「最初に教わったことの反対を意識するといい」

これは趣味やスポーツの話だけではない。

「ひとの言うことをよく聞きなさい」

子供のころを思いだしてみると、僕は、学校でも家でもそう言われた。うわの空で返事をしてさらに怒られた。これが囲碁で「考える」、テニスで「力を入れて打つ」になる。とすれば逆はどうなるか。

「ひとの言うことを聞かない」

言うことを聞かないとは、条件反射で「はい」と反応しないということ。よく考えずに相手の意見を鵜呑みにしないこと。とくに上司や目上の人、そして「すごい人」の意見に要注意。いつまでもひとの言うことをよく聞いていてはダメだ。最初から耳を傾けないのも、コミュニケーションとして問題だ。だからこうなる。

「しっかり耳を傾け、そしてひとの言うことを聞かない」

「忘れちゃいけません。覚えておきなさい」

子供の頃は覚えることが山ほどある。毎日がそのくりかえしだ。

大人になったいま、「忘れる」「覚える」はどうなるか。

「覚えたことを忘れる」

学校でも家庭でも教えてもらえないこと。それは、「忘れる方法」だ。『暗記科目』という言葉はあるが、『忘却科目』という言葉はない。大人になって成長するには、知識を蓄える子供の頃とは逆の動きが必要だ。なぜ忘却が必要か。それは「気づく」ためだ。新しいことに気づくには、最初にいれた知識を忘れることが必要だ。いわゆるデトックス、新陳代謝の基本原理である。

「定石を／覚えて2目／弱くなり」

囲碁の格言である。定石とは最初に覚える基本の打ち方のこと。強くなるために定石を覚えると、なぜか弱くなる、という、逆説的な真実への警鐘だ。定石を一生懸命覚えると、実際打つときにそれを思い出そうという意識が強くなる。その場で考える、がおろそかになって弱くなるのだ。

これから成長していくには、昔覚えたことを一旦意識の下にしまっておく、ぐらいの「忘れる」が必要になる。

「忘れない程度に、忘れる」

これは、新しくさまざまなことに気づくための、大事な技術だ。

「ふざけちゃだめです」

囲碁で陣地のことを「目」というが、無駄な目、つまりどちらの陣地でもない場所のことを「駄目」という。そこから「やっても甲斐のないこと」「してはいけないこと」の意味になった。

ふざけるのが大好きな子供に、「ふざけちゃだめ」と言って基本動作をしつけるのは当然だ。そして大人になって必要なのはこうなる。

「まじめにふざける」

まわりをみてみよう。新しいアイデアは、まじめにふざけている人から、毎日湧き出ている。「まじめにふざける」とは、固定観念や先入観から解き放たれて自由に遊ぶこと。実際に自分でやってみるとわかる。意外と難しい。

20年ほど前、カジュアルフライデーという習慣ができた。これは見事に定着しなかった。まじめにふざけられなかったからだ。金曜だけ皆おなじ恰好になった。スーツを着ていったら課長に怒られた。社会人として不快感を与えない限り自由、が定義なはず。が、スーツを着ない日、となった。「自由」が規定となったのである。なんともおかしなことになった。コンセプトと現実があわず、自然と消滅した。

なんでも初心者のとき、最初に教わることがある。上達したあとは、最初に教わったことの反対に、成長の種が埋まっている。成長に必要だったことは、成長したあとに一旦忘れて、反対を向いてみよう。

まじめに生きることが悪いわけではない。だが、ずっとまじめに、言われたことを守っていると、成長がとまる。

大人はそのことに、なかなか気づけない。

オレオレは詐欺じゃない、強盗だ

「この前ね、『お宅の息子さんが恵比寿駅で痴漢でつかまりました』って、電話があったのよ。だから言ってやったの。息子は毎日車で通勤していますって」

母が自慢げに、オレオレ詐欺の撃退の武勇伝を電話してきたのは、もう7、8

年前のことだ。僕には浩という5歳下の弟がいる。彼は都内の法律事務所に勤務しているのだが、ニセ浩から当時よく電話があったので、母も警戒していた。

「いつもニセ者は浩だけね。あなたもたまにはニセ者が現れるぐらい頑張りなさい」

まったくもっておかしな激励である。

それから1年後。浩が海外駐在の時だった。少し手を変えてまたニセ浩が登場した。

・海外で体調を崩している
・親友の家族に急な不幸があり、その費用を事務所から拝借して立て替えた
・期末で急ぎ補填しないとまずい

こんなふうに巧妙にストーリーを作ってきた。連絡がすぐに取れない海外。そして息子の体調不良。慌てた母は、父や僕の意見を聞く間もなく50万円振り込んでしまったのである。

いわゆるオレオレ詐欺が世に出て、もう10数年がたつ。警視庁は物真似タレントを起用。逆説の訴えで必死に防止を呼びかける。真似ているのを気づけない、

「気づき」の悪用がオレオレだ。

なぜこれがなくならないか。簡単だ。犯人にとって美味しいからである。ローリスク、ハイリターンだからである。だます犯罪＝詐欺。皆ここで、思考が停止しているのではないか。

詐欺といって思い浮かぶのが、うまい儲け話に乗ってしまい、だまされるパターンだ。これももちろん、だまされる側が悪いわけではない。ただ、

「うまい話には気をつけろ」

これは社会通念上、そして教育上、ある程度予防、予見できるものだ。しかし、

「息子がピンチになった話には気をつけろ」

これには無理がある。親は息子のピンチを心配するものだからである。

オレオレは詐欺ではない。強盗だ。計画的で悪質な強盗だ。被害者は事件後も長く心の後遺症に苦しめられる。

詐欺であるかぎり、刑罰に限界がある。それではオレオレは無くならない。せめて刑罰が普通の詐欺の倍にならないか。オレオレは、まず一度、息子のピンチ

で親を心配させる。そのあとそれを利用して金をだまし取る。二度だましているわけだ。

ご存じのとおり中国では、麻薬犯罪に対して極刑で抑止を試みている。日本で極刑は難しいかもしれないが、その発想を真似てもいい頃なのではないか。オレオレを美味しくない犯罪、ハイリスク・ローリターンにするのだ。

余談だが、だまされたことに気づいた母。最初にこう言った。

「えっ、浩は病気じゃないのね。よかったわ」

ポジティブ思考にもほどがある。さらに犯人を許せない強い気持ちが沸いたのを、覚えている。

ただいま思考停止中

思考停止に気づくのは、本当に難しい。電車の車内で飛び回るハエが、実は時速１００キロというすごい速度で飛んでいることに気づけないのと似ている。

僕らは毎日必ず、どこかで思考を停止している。たとえば「イメージ」とは、誰かが仕掛ける思考停止作戦といえる。それ以上考えさせない。それがイメージだ。そしてどんな物にも言葉にもイメージはある。

言葉のイメージに惑わされない姿勢。これを『シニア』から学べたのは財産だ。言葉を大事にするシニアは、流行語を追わない。そして言葉の本質を見つめる目をもっている。「大学中退」は「意思のある人」、とポジティブに捉える見方があることを教えてくれたのは、囲碁仲間のアクティブシニア、ヨネちゃんだった。

ではいくつか、イメージの強い言葉をみてみよう。

『デザイナーズマンション』

何となくカッコいい。何となくお洒落。では聞こう。何があるマンションがデザイナーズか。どういうマンションがデザイナーズではないのか。デザイナーが設計していないマンションはあるのか。

『先生』

言う方も言われる方も、しばしば思考が停止してしまう。専門分野から一歩でると先生とて一般人。しかしどこにいっても先生の人がいる。本人の成長を停めてしまう危険な言葉、それが先生だ。

『新規事業』

この言葉も思考の停止力は抜群だ。なにか良いことが起きそうだ、すごいことをやっていそうだ、そんな気にさせられる。どういうことが新しいことで、どういうことが新しくないことか、よくわからない。業務改善は新規事業ではないのか。

『特ダネ』

マスコミの基本動作として、特ダネをさがせ、がある。これが、それほど価値がないニュースが席巻する現象を起こしている。なぜか。

業界では特ダネの反対、つまり、他社がみな出しているニュースを自社だけ出せないことを「特オチ」という。特ダネ信仰は、特オチ恐怖信仰を生む。そして民放各局、どこのチャンネルでも同じニュースを取り扱う結果となる。特ダネの響きに、マスコミ全体が思考を停止させている。

『高所恐怖症』

もとより人は、高所が怖いのが普通だ。それがなぜか病気扱いだ。高さを競うタワー、高層マンション、空高く飛ぶ飛行機。これらの登場が原因なのか。症状というなら本来逆である。目もくらむような岸壁にとりついて平気なクライマーこそ病気だ。高所平気症と名づけてもいい。高いところが当たり前になったいま、社会が思考を停止している例だろう。

イメージとは、思考停止作戦のことだ。ブランドもその一種である。

「あれって、こういうイメージあるよね」は、「私いま、ここで思考停止中です」と同じだ。

作戦にのることが悪いわけではない。ただ、自分が思考停止していることに、気づいたほうがいい。

「着眼大局」という囲碁から生まれた言葉がある。広く物事を見て、その本質を見抜くという意味だ。イメージがあるものを着眼大局で判断してみよう。そうすると見えてくる。自分にとってそれは何なのか。どう接するべきなのか。本質が見えてくる。

僕はいま、囲碁という分野で、この「思考停止作戦」の「停止」を目ざしている。イメージを変えられないか、その策を練っている。

ところで、もしこの本がどこかで思考停止していると感じたら教えてほしい。

今じゃないでしょ

現役のとき猛烈にいそがしい毎日を過ごしていた人が、退職して『シニア』になり、時間が止まったような悠悠自適の日々に変わった様子をみて、ふと思う。土日が無くなり毎日が平日になってしまう、30代の働き盛り。平日が無くなり毎日が日曜になってしまう、60代以降。60代の時間を30代に持っていければバランスがとれる。だがそういうわけにはいかない。ではどうしたらもっと人生を楽しめるだろう。

自分の行動を二つに分けるのだ。おおざっぱでいい。「大事なこと」「急ぎのこと」の二つだ。すると気づくことがあった。

「大事なこと」は自分にとって大事であることが多い。

「急ぎのこと」は他人にとって急ぎであることが多い。

他人とは会社や友人ふくめ、自分以外のすべてのことである。

囲碁では「手抜き」という技がある。相手が打った手に対して直接応対せず、自分が打ちたいところに打つ。これができる人が、囲碁では腕のたつ人だ。

相手が打った手に反応するのは、

「急ぎですから応対してください」

という相手のメッセージを素直にうけとり実行すること。

応対せず「手抜き」をして好きなところに打つのは、

「自分にはもっと大事なことがあるので応対しません」

というメッセージを相手に発信することだ。

ゲームだから当然、相手のいいなりになっていては勝てない。だから「手抜き」をできる人が強い人。そしてこれは盤外でも活かせる技だ。長い目でみて人生を充実させる技だ。

「今でしょ」

一世を風靡したこのセリフ、いちどよく考えてみる。誰にとって「今でしょ」なのか。ブームの陰に隠れている。ほんとうに自分にとって「今でしょ」なのか。他人にとって急ぎのこと、他人にとって「今でしょ」ではないのか。

急ぎのことと大事なこと。両方できればいい。だが忙しい毎日、気づくと両者がいりまじる。たいてい他人の「急ぎのこと」が幅をきかしてくる。

ときに勇気をだして「手抜き」に挑戦してみよう。何度か失敗することもある。だが長い目でみれば人生の勝者になる必要な一手。それが「手抜き」だ。

急ぎかどうかより、大事かどうかを考えよう。そして自分に言い聞かせよう。

「今じゃないでしょ」

謝罪会見

一つだけ記憶に残っている謝罪会見がある。旧山一證券が倒産したときの社長の会見だ。ほかに今まで誰がどんな謝罪したかを、覚えていない。あの会見は、社長の感情が直接伝わり印象に残る会見だった。皆さんはどうだろうか。

不祥事があると必ずニュースで報道されるシーン。社長が大きな声で「申し訳ございませんでした」と謝る。幹部数人と一斉に頭を下げる。フラッシュがたかれる。これはカメラの入った会見である以上、仕方がないだろう。問題はその前にある。

経緯説明、謝罪内容の発表。ほとんどのケースでは、社長が原稿を読んでいる。

この20年、年功序列が崩れ始めた。中途採用が活発になった。成果主義が導入された。ネクタイをしない社員が増えた。育休など制度の見直しがすすんだ。

しかし謝罪会見は、進化していない。

ほとんどの謝罪会見が、謝罪文の発表会になっている。部下が書いた謝罪文の朗読会になっている。なぜ準備をするのだろう。なぜ読むのだろう。さらに失言してしまう二次災害を恐れているのだろうか。

少し考えれば、おかしいとすぐわかる。たとえば、仕事でミスをして上司に謝る時のことを考えてみよう。その場で、内ポケットから、あらかじめ用意した謝罪文を出して読んでみる。間違いなく火に油だ。上司の怒る顔が目に浮かぶ。

僕のサイト「石音」では過去に何度もシステムトラブルに見舞われた。その都度謝るのだが、『シニア』の目はごまかせなかった。「とりあえず謝っておこう」というういい加減な気持ちの発信には、さらに多くの苦情が届いた。システムが壊れたことではなく、メンバーの楽しい時間を奪ってしまったこと、中断させてしまったことが問題だったのだ。そこを理解しないで発信しても届くはずがなかった。

謝るとは心の伝達であって、心の表明ではない。どれだけ伝えられるかであって、どれだけ発表するかではない。相手に、視聴者に、社会に届けることが唯一の目的でなければならない。

遅れた電車の車内放送もそうだ。マニュアル通りの謝罪が心に響くことはない。原稿を読むと伝達力が弱まるのだ。相手への敬意に欠けた行為、謝罪の意義に反する行為なのだ。

原稿を読む。これはよくない日本の習慣だと、声をあげる人が増えてほしい。

LEADER（リーダー）がREADER（読む人）と揶揄されても平気なのだろうか。テレビの国会中継でも、質問はともかく、返答も原稿を読んでいるのには驚いてしまう。国立劇場になっている。

原稿を読んでいる姿を見ればわかる。別の人が書いた原稿を、ついさっき予習してきました。そう顔にかいてある。茶番に見えてテレビを消したくなる。

小学校時代の学級委員会を思いだす。あの質疑応答はライブ感にあふれていた。不規則発言（通称やじ）でしかライブ感が感じられない会議とはちがう。返答がすでに用意されたやりとりを、大勢を集めて行う意味は何があるのか。コストをかける意味もわからない。公共の電波を使う意味もわからない。ただちに、事前準備なしで、話しあってもらいたいものだ。

謝罪も会議も同じである。その日、その時、その人が、どんな思いなのか。どんな考えなのか。僕はそれが聞きたい。

他人と過去も変えられる

将棋と囲碁。日本が誇る2つのボードゲームには、大きな違いがある。盤上に置いた駒（石）を動かせるのが将棋。動かせないのが囲碁。

囲碁では、一度打った石は前や横に動かせない。終わるまでそこに居てもらうか、取られて盤上から去るか、どちらかだ。

囲碁が上手な人。それは、打ってしまった石を、あとから打つ石でうまく活用できる人。もう変えられない過去の一手を、これから変えられる未来の一手で輝かせる人。過去を変えていくゲーム、それが囲碁だ。

「捨石」という言葉をご存じだろうか。普通囲碁では、自分の石は取られないように打つ。しかし作戦として時に、わざと相手に取らせることがある。済んでしまったことに固執せず、それを活用する。過去を未来の糧とする作戦なのである。盤を離れた日常でも活かせるものだ。

将棋は相手の王様を討ち取るゲームだが、囲碁は陣地取りのゲーム。陣地の大きさ比べだ。大きさ比べというと、たくさん陣地をとったほうがいい、と思うかもしれないが、それは違う。たくさん取ることがポイントではない。相手より少しだけ多くとることが大事だ。相手とのバランスを考える。常に相手のことを考えないといけないゲームだ。

囲碁は「手談」と呼ばれる。盤上静かに「着手で談話」する。自分の一手で、「あなた、ここはまだ陣地になっていないので、守ってね」

優しくこう語りかけるのである。そして相手が素直に守ったら、

「それでは次に、ここも守ってね」

さらにお願いするのである。もちろん声には出さない。相手が守りに気を配っている間に、自分は盤上の未開の地で、ひと仕事するのだ。陣地を取りやすい場所に、先回りするのだ。

相手より少しだけ広い陣地をとるために、相手の一手を、自分の一手で操作していく。相手を変えていくゲーム、それが囲碁だ。

自分と未来は変えられる。他人と過去は変えられない。よくいわれることだ。

しかし、他人と共に過去を変えていく世界がここにある。

平安の世から現代まで千年もの間、楽しまれてきた囲碁。それには、ワケがあ

る。

Age（年齢），Robot（ロボット），Time（時間）

囲碁は『アート』である。さきほどボードゲームと言ったばかりだが、実は『ゲーム』ではない。いや、ゲームというのはもうやめようではないか。いまゲームといえば、目と手の反射神経が必要なアレだと思われる。囲碁では反射神経は必要ない。ではアートとは何か。

Ａｇｅ　アートは年齢を超える

スポーツの世界では、ジュニアとシニア、マスターズに分かれる。アートの世界は分かれない。小学生で演歌歌手、紅白に出る子がいる一方で、90歳を超えた、影絵作家の第一人者がいる。囲碁も小学生でプロになる子がいる。高校生で世界一がいるし、90歳で活躍するプロもいる。

Ｒｏｂｏｔ　アートはロボットを超える

ピカソやダヴィンチのように人を感動させる絵。現在、いや将来もロボットには描けないだろう。そして今、盤上の世界で囲碁は、最後の砦といっていい。ロボットの実力は、プロにはまだ遠く及ばない。

Ｔｉｍｅ　アートは時間を超える

モーツァルトと坂本龍一、どちらが凄いか。これは比較できない。一方、スポーツの世界ではどうか。時間軸で進化していく。記録が伸びていく。アートの世界は時間軸で進化しないのである。囲碁のプロは、今でも江戸時代の棋士から学ぶ。

囲碁はアートである。「あの人の音楽は私の音楽より3凄い」「僕の絵は彼女の絵より5下手だ」技術の巧拙が数字ではっきり決まる。勝負の結果も、文字通りしっかり白黒つく。勝負がつくＡＲＴなのである。

前向きな季節

僕が所属していたボーイスカウトの「隊長」は国語の先生だったので、一緒に全国漫遊しながら、僕は言葉に対する感度を磨いてきた。

今は仕事柄、毎日のように『シニア』から手紙やはがき、メールが届く。そこには季節に関する言葉が必ずそえられている。決まり文句ではなく、いま、そのひとが、その場所で感じたことが素直に語られている。

パソコンの操作指導や囲碁指導で自宅に伺うと、玄関にさりげなくお花が活けてある。温かいお茶と供に果物をいただく。細やかな気遣いの中に、季節はいつも同席している。

シニアは季節を大切にする。季節を楽しんでいる。僕も自然と影響をうけ、季節に思いをよせる機会が増えた。

反対の言葉が見あたらないとき、そこに意思を感じる。言葉をつくってきた昔の人の想いを感じる。理由もなく、すこし嬉しくなる。

日本には四季がある。気温はもちろん、湿度や天気もうつりかわる。だから日本語には季節に関する言葉が多い。そしてその言葉には、それぞれの想いが隠されている。

「三寒四温」

春先だんだん暖かくなってくる時によく耳にする。秋口にだんだん寒くなっていく日もあるだろう。だが三温四寒とはいわない。

「啓蟄」

二十四節気の一つ。冬ごもりしていた虫が春の到来を感じ、穴から這い出る頃のことだ。出るがあるなら入るもあるだろう。しかし虫が冬ごもりを始める頃の言葉は見あたらない。

「小春日和」

初冬のころ、春のように暖かい日のことだ。初夏のころ、秋の寒さを感じる日もあるだろうに、なぜか小秋日和とはいわない。

「五月晴れ」

元々は梅雨の晴れ間のことだ。晴天が続く秋に、時には雨が降ることもあるだろう。その雨をなんと呼ぶか。ぱっと浮かばない。

季節は巡る。それぞれ反対の現象はある。しかし「だんだん暖かくなる」「虫が穴から這い出る」「雨の季節に晴れる」、前向きな意味だけが言葉になっている。

現象は無いが、前向きな部分だけが言葉になることもある。

「春らんまん」

あたり一面に花が咲き乱れ、明るく輝いている様子のことだ。先に希望が満ち溢れる様子を、春限定の自然に重ねて表現している。夏らんまん、秋らんまんとはいわない。夏や秋にはその現象がないからだ。季節のいいとこ取りをしている。

現象はあるが、使われる頻度がちがうものもある。

「夜明け前」

例えとしてもよく使われる。小説や歌もある。反対の「日没前」。あまり使われない。夜が明ける前、は使うが、日が没する前、は使わない。

言葉は、それを発するとき自分が一番影響を受けるという。自分が発した言葉を最初に聞くのは、相手ではなく自分だからだ。自分の耳が一番近くにあるからだ。

厳しい冬や、じめじめとした梅雨に、少しでも明るい気持ちでいようと、前向きな言葉だけが人々に話され、そして生き残ってきた。

そんな想いに触れたとき、人生三寒四温、いつも前向きでいたい僕は、すこし嬉しくなる。

コラム 囲碁を始めたくなった人のために

シニアとの交流を楽しむには、囲碁は便利な道具になる。しかし囲碁を「難しそう」「自分には出来ない」と思っている人もいる。そのイメージをぜんぶ否定はしない。囲碁は人間が極めることが出来ない難しいもの、という面は確かにある。ただ次の事実にも目を向けて頂きたい。

・四千年前からルールがほとんど変わっていない、人類最古のゲームである。
・ルールはシンプルで小学校入学前の４歳・５歳の子供でも十分楽しめる。
・世界70ヶ国で広まっている。

囲碁を楽しむことに特別な能力は不要だ。ルールは簡単だが奥が深いからこそ、世界中で長い間人を魅了してきた。

囲碁で難しいのは、ルールを理解することではなく、やってみようと思う「きっかけ」をつかむことだ。もしいまあなたが、「囲碁を始めてみよう」と思ったのなら、すでにその難関は突破している。この本がその一助となれば嬉しい。

どこでルールを学ぶか

整然と縦横に道が走る京都や札幌の街並みは、「碁盤の目のように」と表現される。囲碁が、格子状に線が描かれた盤に黒石と白石を置いて陣地をとりあうもの、ということを既にご存じの読者もいるだろう。そこから一歩踏み出して、具体的なルールを学ぶにはどうしたらいいか。実は簡単で10分もかからない。

1　ルールを解説してあるサイトを見る
2　入門の本を読む
3　友人や家族に教わる
4　入門セミナーや各地の碁会所で開催の入門教室に通う

1は費用も手間もかからない。「囲碁・ルール」で検索してみよう。簡単に学べるものが多くある。囲碁の総本山、日本棋院のホームページには、ルールが分かりやすく説明されている。小さな盤でコンピューター相手に気軽に練習できるソフトも無料で入手できる。

日本棋院HP（http://www.nihonkiin.or.jp/learn/）

ここがお薦め

最初からしっかり人に教わりたい、という方にはお薦めの場所がある。

・IGO ホールディングス（http://igoholdings.jp/）

囲碁を単なるゲームではなく、ビジネスマンの能力開発に役立つ道具としてとらえて、入門・初心者向けのユニークな企画を提供している。

・IGOAMIGO（http://www.igoamigo.com/）

20代、30代の若い世代を対象とした入門・初心者向けワークショップが首都圏で定期開催されている。同世代の囲碁仲間を創って楽しむには最適な場である。

どこで囲碁を楽しむか

ルールを学んだあと、囲碁を継続的に楽しむには、実際に対局をすることだ。

ではどこで対局すればいいか。

1　近くの碁会所

囲碁を打つ場所のことを碁会所（ごかいしょ）という。よく駅前に「囲碁」や「碁」と看板が出ている。近くの碁会所を探すには、「碁会所・地名」で検索してみるといい。

ただ入門者にとって、いきなり碁会所の門を叩くのはすこし敷居が高いかもしれない。まずその碁会所にホームページがあるかどうかチェックしてみよう。ホームページがあるところは、入門者にとって優しい碁会所であることが多い。

費用は入場料が1日千円程度。入門教室に参加する場合は1回2千円程度と、他の趣味と比べて手軽なレベルである。

ここがお薦め

対局も楽しいが、対局後にお酒を飲んだり談笑したり、交流も楽しいひと時だ。

・DIS交流会（http://www.dis15.com/jc/）

東京・大阪・福岡で平日夜に開催。囲碁が全く初めての人でも丁寧に教えてくれる。僕はここで大勢の異業種の仲間、シニアと出会い交流を楽しんでいる。

・13日には13路囲碁大会（http://13ro.jp）

初心者にやさしい小さな碁盤を使った企画が、首都圏中心に開催されている。

2　対局サイト

近くに碁会所がない場合は、インターネットを活用しよう。有料、無料あわせて10ほどある。お試し期間を活用して自分にあったところを見つけるといい。無料サイトは手軽な反面、対局マナーの問題などデメリットもある。有料サイトは月額で千円から二千円程度と、他の習い事の月謝と比べて高くはない。

ここがお薦め（ネット）

・囲碁クエスト

スマートフォンで気軽に対局ができる無料サイト。小さな盤専用のため、通勤など隙間時間を活用して手軽に対局・観戦を楽しめる。

・幽玄の間

日本棋院運営。会員数が多く、プロの碁が鑑賞できるなどサービスレベルが高い。

・石音（http://www.ishioto.jp/）

インストラクター個別指導が毎日無料で開催。プロフィールを公開して楽しむ業界唯一のサイト。初心者・女性の比率が高くメンバー同士の交流が活発である。

いろいろある囲碁の楽しみ方

ルールを学び対局する、以外にも囲碁に親しむ方法は色々ある。歴史、文学、芸術など興味のある入り口から囲碁の世界に入ってみよう。

清少納言や紫式部はかなりの囲碁ファンであったようだ。枕草子や源氏物語では囲碁の記述も多い。鳥獣人物戯画には、平安の街の人々や、猿と兎が対局する姿も描かれている。京都大徳寺には、秀吉と家康が対局したと伝わる碁盤がある。信長もそうだが、戦国武将はみな囲碁を好んだ。陣地取りのシミュレーションだったのだろうか。川端康成は小説「名人」で棋士の対局を書いた。最近では漫画「ヒカルの碁」の影響で多くの囲碁ファンがうまれた。

ぜひ自分にあった囲碁入門のルートを見つけてほしい。

第3章

シニアに教えて気づいた「教えるとは何か」

教え上手は教えない

いきなりそんなこと言われても、と思うかもしれない。しかし本当だ。教える時は、教えてはいけない。ならば、教えてください、と頼まれたらどうするか。はい、わかりました。と相手の目を見てにっこり答える。そして心の中でこうつぶやく。

「気づいてもらいますので、少しお待ちください」

教える側は、しばしば最初にまちがえる。相手の知識を増やそうとする。ルールを教え始める。しかしそれより大事なことがある。まず聞く耳をもってもらう。そして動機に着火する。アプローチすべきは、「知識」ではなく「意識」である。

たいてい生徒は、教わる技術を持っていない。正しい質問を正しいタイミングでできる技術を持っていない。

だから教える側は、生徒の質問を真に受けてはならない。生徒が「教わり上手」ではないのだから、しっかり聞いて、しっかり無視してあげよう。真面目すぎてはいけない。

例えばあなたが友人からこう言われたとする。

「私に囲碁を教えてください」

はい、わかりました。と喜んで教え始めるのは、真面目すぎる人。

囲碁を教えてください、とは、私を囲碁好きにしてください、ということだ。

必ず教えないといけない、という先入観をすてるのが、教え上手への出発点。

囲碁ではこういう質問もよくある。

「ここでどう打てばよかったですか」

「あっ、そこはですね、こう打つといいのです」

教える側は、条件反射で正解を示す。その方向で、わかりやすく、丁寧に教えようと情熱を燃やす。これはダメである。

・効率よく正解にたどりつきたい

・失敗したくない

・忘れたくない

この3つは、『シニア』によくみられる「習い事三大欲求」だ。気持ちはわかる。お金と時間をかけて通っている。しかし、この3つにこだわる人は伸びない。教室に一生懸命通い、たくさん指導を受ける。残念だが伸びない。

これは生徒のせいではない。教える側が問題だ。質問に一生懸命答えることが、生徒にとってためにならないことがある。ここに気づかなければならない。

では先ほどの質問に、どう答えればいいか。2つある。

1つは放置だ。

「そのままやってみましょう。結果はともかく最後までやってみましょう」

大人はあきらめるのが上手だ。あきらめる理由を考えるのが上手だ。失敗の手前であきらめて、実際に失敗しない。だから身につかない。失敗をさけるから結局失敗する。ほんとうは失敗を体験することで、その反対の正解が自分の中から湧き出る。自分で気づく。それを待つのが一番の近道だ。

僕のサイト「石音」のインストラクターがこんなことを言っていた。

「悪い手を打てるようになった生徒さんが、急に上達したので驚きました」

普通は悪い手を打たないように指導する。だが正解は、その反対にある。

もう1つは質問だ。

「あなたは、ここでどうしたかったのですか。それはなぜですか」

相手の土俵で質問を繰り返す。そして教えない。答えは言わない。

正解のない世界。囲碁に限らずたくさんある。正解のない世界で教えること、これは教える側にとって素晴らしい道場だ。本物の教える力を鍛える道場だ。

教えて下さい、と頼まれても、教えない。その人が持つポジティブなエネルギー源に気づいてもらうためだ。自信を教える、ともいえるだろう。

だから教えるときは、「教えない勇気」を持とう。

気づきのパイロット

飛行機事故のほとんどが、離陸と着陸のときに起きているという。どんな名パイロットも緊張して集中する。離陸と着陸さえしっかり誘導できれば、水平飛行中はアテンションを下げる。安全で正確な飛行のためにオンオフを心得ている。

囲碁を教える現場で、よく見る光景がある。最初から最後まで教える側がずっと、一生懸命に、親切丁寧に教えている。聞く方も、熱意に応えようと真剣な眼差しだ。だがこれでは、教わる側がすこし疲れてしまう。体力に限りがある『シニア』の場合はなおさらだ。教える人も、何に意識を集中すべきか忘れてしまう。

教え始める前。離陸の時。教える側はここに意識を集中したい。

「この人は、どういう事に興味を示す人だろう」

「この人が、囲碁好きになるのは、どういうルートだろう」

ここから始めないといけない。いきなりルールを教え始めてはいないだろうか。

囲碁を教わりたいという場合、3つのタイプがある。

・趣味を増やしたい「習い事派」

・仲間を増やしたい「交流派」

・周囲に影響を受けた「ブーム派」

いま目の前に座っている相手がどのタイプか。それを教える側が把握するのがスタートだ。習い事派には、きちんとルールから教える。交流派には、参加者同士の会話を盛り上げることを重視する。ブーム派には、その人が興味を持つ別のことと囲碁の接点を探してあげる。

目的地入力、目的地へのルート選択。教える人は、相手に気づかれないように全力で集中しよう。事故の7割はこの離陸の時に起きている。

さて教えはじめたとしよう。ここで教わる側に気づいてもらいたいことがある。それは、その人が持つポジティブなエネルギーだ。自分でもできる、と思えるようになってもらうのだ。教えるのは「自信」だ。

水平飛行の最中は、軽く放置がちょうどいい。教わる側が気づかないうちにうまくなってしまう。これが理想だ。

「気づけ、気づけ」

これは失速のもと。

「ああしよう、こうしよう」

これは墜落のもと。

本当の教え上手は、相手の「気づきの操縦」がうまい人。気づきの名パイロットのことだ。

そして講座が終わる着陸の時。どんな言葉をかけてあげよう。次にまた来たくなっているだろうか。お腹いっぱい満足させてはいけない。満腹ではなく少し物足りないぐらいがちょうどいい。

「自信」という名のシートベルトを、きちんと締めて帰ろうとしているか。そっと確認してあげよう。

高尾山は教えてくれた

東京の八王子市にある高尾山。標高599mの山である。関東の人でなくても、名前を聞いたことがある人は多いだろう。こんなに広い山はない。何が広いか。それは「ふところ」。大きな心で包んでくれる。

どんな人も笑顔で帰れる。ミシュランガイドで、最高の3つ星ランクを維持しているのもうなづける。この登山者数世界一の山は、都内から電車で一時間という近場にある。

ところで次の４つ、登山、トレッキング、ハイキング、ピクニック。違いがわかるだろうか。

登山は、頂上を目ざして登る。トレッキングは、頂上にはこだわらず横ばいに歩く。ハイキングは、山にもこだわらず自然の中を歩く。ピクニックは、歩きにもこだわらず外での食事を楽しむ。大まかなイメージだが、こんなところだ。

高尾山は、いとも簡単にこの４つを受け入れる。最近は、トレイルランニング（山野でのランニング）の人も増えた。麓からケーブルカー、リフトもあるので、ヒールを履いた女性とのデートも簡単だ。東京を見下ろすビアガーデンで一杯やりにいこう。滝に打たれる体験修行をしてみよう。

高尾山は、ちょっと散歩をしたい人から、本格的に登りたい人まで、訪れる人にカスタマイズしてその姿を見せてくれる。まさに山の、カスタマイズ王である。

この高尾山に大きなヒントをもらった。世の中のカルチャースクールでは、技能の上達を大きな目標にしている。これは山でいえば、頂上を目ざして登る、ということだ。

「上手になりますよ」というメッセージ。習い事では大きなニーズがある。しかしこのメッセージ、上手にならなかった場合のフォローが難しい。今まで大勢の『シニア』が、なかなか上手くならないのを理由に囲碁を辞めてしまうのを見てきた。「上手になろう」は、上達しない人を、徐々に苦しめるのだ。

しかし高尾山は教えてくれた。登らなくてもいいじゃないか。頂上に着かなくても楽しめるじゃないか。登山靴もリュックもいらないじゃないか、と。

そうなのだ。トレッキングという手がある。ハイキングもピクニックもある。囲碁では、「棋力」という技能の高低しか指標がない。だから登らなきゃ、になり、登れない、になり、辞めてしまう。

本当は、登らなくても楽しめる。そして楽しんでいるうちに登ってしまう。

興味や経験のない人にとっては、誘われても

「私にできるかな。少し面倒かな」

がスタートライン。山でも囲碁でも何でも同じだ。

登山という言葉は、頂上を目ざした、ちょっと敷居が高いイメージ。

「お弁当をもってピクニックにいかないかい？」

こんな言葉で、こんなスタンスで誘ってみよう。気づいたら新緑の中、汗をかきながら一緒に笑顔で登っているだろう。

高尾山は教えてくれた。

「上手になろう」は、だんだん苦しくなる。

「楽しもう」は、だんだん上手になる。

普及のターゲットは「1割」

試しにこんなことをしてみた。生活になくてもいいもの、趣味や嗜好品を思いつく限り書きだした。100個以上がすぐに並んだ。

その中で、これから一生関係ないと思われるものが7割もあった。バイクやタバコ、編み物がそうだった。友人や家族に強く勧められても、まずやらないだろう。これをAグループとする。

もし強いきっかけがあれば、やるかもしれないもの。それは全体の2割だった。競馬やマリンスポーツがそこに入った。これをBグループとする。

今やってはいないが、いつかやってみたいと思えるもの。これが全体の1割だった。ギターやチェスがそうだった。これをCグループとする。

僕の場合、この、生活になくても困らないものは、7：2：1に分けられた。この比率、皆さんもそう違わないのではないか。

ふと気づいた。今まで囲碁を広めたい思いが強すぎて、ABC関係なく無鉄砲に玉を撃っていたかもしれない。

自分に対して，タバコ会社がどんなキャンペーンを張ろうとも、どんな美女を使おうとも、目の保養にはなっても心は動かない。タバコに手は出さない。囲碁でもきっと7割の人がAグループ、ファンにはならない層だ。そろそろ気づかないといけない。

しかしこれは囲碁だけの話ではない。悲観する必要はない。ABを除いてCグループに絞り込んで動いたらどうだろう。対象を、最初から全体の1割に絞るのだ。もう少し元気が出る結果になるかもしれない。まずは、Cグループがどんな人か考えてみよう。Ｃだけでも日本に５００万人はいる。対象を絞れたところで、もう一つ絞りたいものがある。それは効果である。毎日食べる野菜を思い出してみよう。よく食べる野菜は、効果の絞りが効いている。

例えば、今夜は繊維を摂ろうと思ったとする。買い物カゴを持ったあなたは、野菜売り場で何を選ぶだろうか。僕はセロリかゴボウだ。もちろん、キノコやイモ類、ほかの野菜にも繊維は含まれる。しかしこの2つは含有量が多いのに加え、両者、他の効果を捨てて、絞ってアピールしてくる。セロリにはビタミンＣもミネラルも含まれている。だがあれもこれもでは、アピール力が弱まる。まして得意分野の繊維には、強敵ゴボウがいる。だから絞る。

ほうれん草も大変だ。得意分野の貧血予防には、ジャンルを超えた宿敵、レバーがいる。本当は、がん予防に効果のあるβカロテンの含有量にも自信がある。しかし敢えてそこにはふれず、貧血予防、鉄分アピールに絞っているのだ。そうすることで、無事、買い物カゴに入るのだ。

この例でわかるだろう。ビタミンすべてが入った、栄養満点、万能の食材があったとしても、カゴに入れてもらえなければ、その場で消費期限が来るのを待つしかない。しかし、一度食べてもらえれば、ミラクル食材として長く愛される。

普及の段階で、あれこれアピールしても駄目だ。あなたにとってこれはこういう物ですよ。あなたの未来をこう変えますよと、言いきる必要がある。一点集中で効果を絞る必要がある。

普及する、とは、まだその面白さに気づいてない人に、気づいてもらう活動だ。中身がいくら良くても、気づいてもらえなければ始まらない。

対象を絞る。効果も絞る。2つの絞りで、伝える力がアップする。それは、気づいてもらえる確率のアップを意味する、普及の名策である。

中に入ったら外にも出よう

その業界の外の世界でも活躍する人。そんな人がぱっと思い浮かぶ業界は、うらやましい。テニスの松岡修造は、スポーツ全般の応援団、キャスターとして活躍する。食べ歩き番組にも出ていた。元気を与える本もだしている。

相撲では引退後、チャンコ料理屋を始める人がいる。予備校講師が流行語を発信、テレビタレントとして活躍する。お笑いタレントが報道番組のMCを務める。歌舞伎俳優が映画に、旅番組に出演する。

僕は囲碁が好きで、囲碁界に飛び込んだ。中に入った。

中に入ってみると、同じように囲碁が好きで、外から中に入ってくる人がたくさんいた。会社勤めを終えて、60代から碁会所を開く『シニア』もいる。囲碁普及に情熱を燃やす。儲からない、儲からない、と言いながら、ぎりぎりのところで頑張っている。

囲碁の人は皆まじめだ。そして少しまじめすぎるかもしれない。囲碁が好きすぎるかもしれない。囲碁が好きだから、盤と石なくして囲碁のことが語れない。そう思い込んでいる。チャンコ料理屋を開くところまではできるが、その店内で相撲をとらせてしまっている。チャンコ一本で勝負する発想がない。

囲碁の棋士、いわゆるプロ棋士の持っている能力。これは、囲碁を知らない人が想像できない、ものすごいものだと言っていい。棋士になるには、幼少の頃から継続した勉強が必要だ。その量、最低1日10時間、連続10年間ともいわれる。その中から棋士になれるのは、ほんの一握り。そして500人いる棋士の頂点を極める人は、もっと世間から注目されていい。

テニスの錦織圭を知らない人は、今やほとんどいないだろう。テニスをまったくしらないおばあさんも知っている。

「テニスって儲からないのね。錦織君、いつもユニクロ着ているわ」

こんな笑い話もある。知名度はテニスファンに留まらない。

囲碁の井山裕太を知っている人は、どれぐらい、いるだろうか。

日本のテニス史上初めて、世界のトップ5に登りつめた錦織は、たしかにすごい。しかし井山も、世界5千万人を超える囲碁ファンのトップ10に近いといわれる、唯一の日本人だ。年齢も錦織選手と同じだ。ジャンルは違うが、2人とも日本が誇る25歳、逸材なのだ。

この知名度の違いはどこからくるか。それはこの2人がどうこうではない。業界として外に出ているかどうか。外に出て活躍している人がいるかどうかの違いだ。

テニスの松岡修造が、現役時代から今の伝える力を持っていただろうか。その鍛錬の時間があったらあの成績は残せないだろう。元サッカー選手、いまスポーツジャーナリストとして活躍する中西哲生もそうだ。誰もが現役引退後、必死になって自分のポジションを探し、能力を磨いたに違いない。

スポーツの世界は引退が早い。現役時代より引退後の人生の方がはるかに長い。

引退後の競争も、現役時代に劣らず激しいことだろう。そこに新たな能力開発の機会が育まれている。業界が外に向かって開かれ、その業界を盛り上げることに一役買っている。ＯＢがそのスポーツのブランドをつくっているともいえる。

囲碁や将棋の棋士は、70歳、80歳、人によっては90歳まで現役で頑張れる。これはすばらしいことだ。芸術の分野ではなく、競技の世界で90歳まで。特筆すべきことだ。しかし、なかには30代、40代で引退して、プロの経験を活かして外で活躍する人がいてもいいのではないか。それが普及にもつながるのではないか。

先年、高倉健、丹波哲郎、二大スターが相次いで亡くなった。ほぼ同時期に、日本の囲碁界に大きな功績を遺した巨星、呉清源九段も亡くなった。100歳だった。ニュースの取扱いは、功績とくらべて小さいものだった。こういう時に痛感する。業界が外に開かれているか、中に閉じているか。

誰も外に出ていかない。行こうとしない。これでは人も英知も循環しない。言葉は悪いが吹き溜まりになってしまう。

囲碁で学んだことを活かして外で講演する。外で執筆する。外で出演する。誰かいないのか。なんで誰も出ないのだ。そんなこと言ってないで自分でやれ。はい、まったくおっしゃる通りです。

中に入ったら外にも出よう。それが中を盛り上げる最高の一手だから。

そんな思いで今、これを書いている。

気づきのリレー

気づきは最初、「種（たね）」からはじまる。種は誰かからもらう時もあれば、自分の知識や経験から生まれる時もある。

気づきの種を発芽させるには、行動にうつさなければならない。「あっそっか」で終わってしまっては話のネタが増えるだけ。物知りにはなっても成長はしない。

行動すると少し時間をおいて「種」から芽が出てくる。気づきの種に水をやったのだ。

体験を重ねて芽を育てていく。やがて実をつける。実から種がまた取れる。その種を周囲に蒔いていく。

種を蒔くと、共感してもらえる喜びがある。種から実まで育てたご褒美だ。

僕は囲碁でこの一連の流れを経験した。気づきの種から水をあげて育て、実をならせ、実からとった種を蒔いたことがある。

囲碁は陣地取りのゲーム。隅のほうが囲うのに効率がいいので、ふつう隅から打ち始める。そしてゲームが進行するにつれて、石が隅から真ん中に向かっていく。

運営するサイト「石音」の開業当初、まだメンバーが少ないため、僕も毎晩メンバーの方と対局した。開業2年目、対局数が3千局に達した頃だ。

「普通ではない打ち方をして、暗記ではない対応力を引き出したい」

「自分自身、どうせ打つなら新たな挑戦をして楽しみたい」

こんな思いが強くなってきた。

こうして生まれたのが「天空流」。アマチュアの一囲碁ファンである僕が提唱する打ち方だ。通常の逆、つまり最初に効率が悪いとされる真ん中から打って、あとから隅を打つ。プロの間でも定石が開発されていない碁盤の真ん中は、地球上で言えば未開の地、アマゾン。囲碁に生活のかかっていない僕らアマチュアは、アマゾンを気軽に旅ができるはずだ。そう気づいて打ち方を命名、世に出してみた。

何千局という対局の経験を通じて天空流の「気づきの種」がうまれた。

↓

それを実際の対局で活用して「発芽」させ気づきの種を育てた。

↓

育てるうちに色々な意見をもらって論が固まり、やがて「実」がなった。

←

ユーチューブで動画を公開。実からとった種を蒔いた。

天空流に共感してもらえる喜びを得た。

気づきの種は、こうして人から人に渡っていく。誰かの気づきが、また誰かの気づきを生んでいく。『シニア』の女性で気づく人が多いのは、井戸端会議がこの循環の場となっているからだろうか。素敵な循環だ。

気づいたら、どんどん、リレーしよう。

第4章

シニアビジネスでつかんだ「柔らかい視点」

『松』があるから『梅』になる

僕は梅が大好きだ。梅干しと梅酒は、一年中、わが家で欠かしたことがない。ところで「梅」に、もっと輝いてもらいたいと思うことがある。

食べ物の梅ではない。松・竹・梅。日本人が好む3つのランクの梅だ。

囲碁普及で気づいたことがあった。広めたい気持ちがさきばしり、無料入門を連発したのである。

「松」　5千円（定員5名）

「竹」　千円（定員20名）

「梅」　無料（定員100名）

この『梅』を出しすぎたのだ。

この3つの囲碁入門を、定期的にバランスよく開催していく。これが理想と思う。囲碁普及の面からは、無料で大勢に広めたほうがいいのではないか。こういう意見もあるかもしれないが、それは違う。

100名参加の無料入門講座と、5名参加の5千円の入門講座。将来囲碁ファンになる人、囲碁普及の面から見て効果はいい勝負。もしかしたら5人5千円に軍配があがるかもしれない。

僕は今まで何百回と、無料囲碁入門をやってきた。いっぽう有料もある。場所は表参道。お洒落な街、お洒落なビル。女性向け和の習い事レッスンスタジオの講師。１回９０分で４千円ほど。生徒は２～３人。マンツーマンのこともあった。

何年かたってふり返ってみると、両者の効果がそれぞれわかる。

参加者が無料を「無料」と感じるためには、「有料」もなければならない。無料しかなければ、それは「只のタダ」になってしまう。それは無料の意味がない。ブランドを下げるだけだ。松があるから梅になる。梅の意味がある。

囲碁では「切る」という技がある。相手の石の塊を切断することで、それぞれを弱体化させるテクニック。初心者にはよく

「切れるところがあったら、勇気を出してどんどん切りなさい」

と教える。しかし、何でもかんでも切ってしまったらダメだ。切るぞ切るぞと見せかけて、切らないことがあったりなかったり。それで「切る」が有効にな

る。

ある軍事評論家が言っていたのを思いだした。不審船に対する海上自衛隊の威嚇射撃、あれは威嚇になっていない。なぜなら、当てないことが相手に分かってしまっているからだ、と。

意味があるかどうかは、その反対の存在を確かめるといい。

それを『梅』が教えてくれた。食べる方の梅もますます好きになりそうだ。

愛しのルンバ

ちょっと高値のお掃除ロボット「ルンバ」だが、知人に購入した人が増えてきた。僕のサイト「石音」の年配女性メンバーもその一人だ。ルンバのおかげで家が綺麗になったと喜んでいるが、そのためのお掃除ロボットなのだから当然だ。

しかし、詳しく話を聞くと少し違うようだ。

毎日忙しくコミカルに動きまわる様子を見ていると、だんだんルンバが可愛く思えてきたという。まるでペットのように思えてきた。やがてルンバ君と呼ぶようになった。

ある時、ルンバ君が障害物でつかえてしまうのを見た。かわいそうに思ったので、それからはルンバを稼働させる前に、まず自分で部屋を片づけるようになった。

この話、笑い話で終わらせるにはもったいない、大事な示唆をふくんでいる。ルンバが障害物でつかえてしまった時、なんだこれ使えないじゃないか、と思うのが普通だ。高価なものだし期待も大きい。多少の障害物は自在に乗り越えてほしい。そこでウィンウィンいいながら障害物に悪戦苦闘するルンバを、柔らかい心で眺めてみる。ここが分かれ道となる。

創業当初、こんなことがあった。新たに広告を出して会員を増やそうとしたが、効果はあまりでなかった。広告を見て試してくれる人は、ほとんどいなかった。

では広告は失敗に終わったのか。ちょっと違う。１か月後、会員が今までより増えたのだ。なぜか。広告費用をかけたことで、自分の意識が高まったからだ。

これだけ費用をかけたから何とかしないと、という気持ちが強くなったのだ。見込み客に対するフォローの姿勢が変わったのだ。その結果、効果があがったのである。偶然の産物だった。

僕は囲碁サイトを運営する傍ら、シニア向けパソコンの家庭教師事業を手がけていた時期があった。その事業は、おばあさんがキーボードを1本の指でたたくイメージから、「ゆびおと」と名づけた。

講師は、僕と同世代の、コミュニケーション力ゆたかな女性にたのんだ。ある時、講師から相談をうけた。今日はまず外でお茶しましょう、と生徒のおばあさんに誘われて近くのカフェで話をしていたら、そのまま終了の時間がきてしまったそうだ。決して安くはないお金を頂戴している。心配になって後でおばあさんに電話で様子をうかがったら、はずんだ声が電話口から聞こえてきた。

「ありがとう。この前はほんと楽しかったわ。90分があっという間で」

この話を聞いた囲碁仲間のヨネちゃんが、アドバイスをくれた。彼は僕より20歳年上で「ゆびおと」を一緒に運営していた。

「家庭教師だから何かを教えないと、と思う必要はない。生徒さんが喜んでくれれば、それでいい。楽しい時間を届けられれば、それでいい」
一人暮らしのおばあさんは、パソコンも習いたいが、話し相手もほしかったのだ。

成毛眞氏の本で「就活に日経はいらない」の広告が、日経に断られたと以前話題になっていた。これはもったいない。日経は、自らの懐の広さをアピールする機会を逃したと言える。日経に「日経はいらない」という広告が大きく出ていたら、読者はどう思うか。もう日経を読むのは辞めようと思うだろうか。新聞は何紙もある。それで辞める人は、最初から日経を選んでいないのではないか。逆によく掲載したとファンが増えただろう。

役に立つ、立たない。宣伝する、しない。そういう軸ではない第三の軸。それはしばしば顔を変えて現れる。予想してない楽しさの発見。意識の変化。マイナスの宣伝がプラスに働く効果。こうした気づきは、その人を幸せにする。そのビジネスを輝かせる。

もしかしたらルンバの制作者は、わざと完璧に作らなかったのかもしれない。ほんとうは乗り越えられるのに。

色々と教えてくれたルンバ君、ありがとう。

生姜ない？

最近、そば屋よりうどん屋が目立つようになった。それもチェーン店なので、店内は明るく女性も入りやすい。どこもメニューに工夫を凝らしている。おいしそうな揚げたての天ぷらが並び、打ちたて茹でたて麺のコシ。アピールポイントも歯切れよい。

僕がその店に通っている理由だが、実は麺のコシではない。生姜だ。冷え症の僕には欠かせない。すりおろし生姜が取り放題なのだが、これは他の飲食店ではなかなかお目にかかれない。ついでに胡麻や刻みネギ、天かすまで取り放題だ。もはや、かけうどんは、その体をなしていない。

自分がお客の時に何気なくとっている行動で、いざサービス提供側にまわると、そこにヒントがあることに、なかなか気づけない事がある。

10年前、おそらくネットゲームの世界で史上初めて、「プロフィール完全公開型」サイトを立ちあげた。いま対戦している相手が、どこの誰々で、どんな顔をしているかがわかる仕組みだ。出身企業や年齢がわかる人もいる。僕は創業当初から、くる日もくる日も「顔の見えるネット碁」、この言葉を愛用した。他にない最大の差別化ポイント。そこのアピールは、マーケティングの教科書通りだった。なにより囲碁ファンの一人でもある僕自身が、本当に欲しいと思ったサービスなので、自信もあった。しかしここに落とし穴があった。ずっと気づかなかった。

思ったように宣伝効果があがらないのである。チラシを見せて説明すると、興味は持ってくれるが入会してもらえない。

なぜかというと、相手の顔が見えて安心で、見えて楽しい。これは、経験したあとに訪れる満足ポイントだからだ。経験したらわかるが経験するにはハードルがある。こういう場合、最初からアピールしてはダメなのだ。

『シニア』は嗜好や好みがすでに固まっている。まだフェイスブックも世に出ていない時代、ネット上で写真や名前を出すという「新しいもの」への抵抗は、若い人たちよりずっと大きかった。

アピールの仕方を最初から大きく間違えたのである。

囲碁から生まれた「岡目八目」という言葉をご存じだろうか。他人の碁をわきから見ていると、打っている人より八目も先まで手が読めるということから、第三者は当事者より情勢がよく判断できる、の意味でつかわれている。はからずも僕は、囲碁ビジネスでこの言葉の大切さを痛感することとなった。

「差別化ポイントとアピールポイントは、別でかまわない」

このことに気づくのに2年を要した。いまその気づきは大きな財産になっている。

今日も僕は、麺のコシ自慢のうどん屋にいくのだ。もちろんすりたての生姜を求めて。

検索上手は気づかない

効率よく正解にたどりつきたいという欲を抑えるのは、大変な時代になった。なぜなら忙しい毎日に欠かせない検索エンジンがあるからだ。これを利用しない日はない。新宿でおいしい塩ラーメンが食べたい。と思った5秒後には、検索を開始している自分がいる。

一方、検索をいっさいせず、自分の知恵と好奇心をたよりに元気にくらす『シニア』もいる。いつも笑顔、いつもワクワクしている印象だ。その存在は、僕のなかの「検索至上主義」に待ったをかけてくれる。

お寿司屋さんで甘エビが出てきた時、ふと疑問が湧いた。

「甘エビは、どこで甘エビになるのだろう」

皆さんは知っていますか。海で「甘エビ」として泳いでいるかどうかを。海ではもっと「らしい」名で、涼しい顔で泳いでいてほしい。では水揚げされたらすぐに、「甘エビ」に変わるのだろうか。それともお寿司屋さんに到着してからおいしそうな名前に変わるのか。いや、仕込みでケースに入ってから、いや、もしかしてシャリに乗ってから…。

疑問が湧いた時、すぐに検索したい気持ちになったが、なんとか抑えたとしよう。自分をほめてあげようかとさえ思う。考える時間を楽しめたし、気づきもあった。

伊勢海老はどこでも伊勢海老だよな。のど黒はたしか海では違う名前だったよな。甘栗も、甘酒も、甘納豆も、加工食品だから甘エビとは違うよな。（当たり前だ）うーん、いったい奴は、どこから甘エビなんだ。

検索をしないと、疑問が疑問を呼ぶ。記憶と記憶が勝手にキャッチボールを始める。この甘エビ問題、伊勢海老が頭に浮かんだあと、こんなやりとりをした。

「あの伊勢海老に似たロブスターは、エビなのか、カニなのか、よく話題になるがどっちだったか」

「カニといえば、あのタラバガニ、実はカニではないらしいな。本当か。だったら奴は何者なのだ」

「カニかまぼこ、あれはツマミにいい。確かカニが入っていないと聞いた。食品のネーミング、風味だけでもいいのかな。ルールはどうなっているのだろう」

「カニ味噌はなぜ量が少ないか、というクイズがあった。『頭のいいカニはつかまらないから』、なんてうまい答えだった。カニ味噌が脳みそかっという話だ。あれは内臓だよな」

思考の旅はどんどん加速して、たびたび脇道にそれる。目的地のない旅。脱線が本線になっていき、次の瞬間、本線が脱線する。思考の旅の醍醐味だ。

目的地のない思考の旅。これが何の意味があるのか、何の役にたつのか、と言ってはダメだ。意味がない、という意味があり、役にたたない、という役にたつ。

そして、そろそろ気がつかないといけない。

「知らないことは検索できない」

知らないことは、知ろうとさえ思わないからだ。知ろうと思ったことだけを知っていては、自分の世界は広がらない。

気づくためには「何でも知りたい」という好奇心が必要だ。検索は好奇心の放棄といえる。だから検索が上手な人ほど、気づくのが下手になる。

体調を考えて「休肝日」をつくっている皆さん、明日から「休検索日」もいいかがですか。きっと思考の旅を楽しめる。ワクワク元気になって体調もよくなるだろう。

とりあえずやってみよう、が多分正しい理由

起業当初、僕は失敗したくない、成功したいと強く思った。毎日さまざまな本を読んだ。成功した経営者の言葉の一つ一つに力があった。言い方に違いはあれ、本質は似ていることが書かれていた。当然だが、成功に、妙手も近道もない。

「成功するには、成功するまで辞めないこと」

まるで禅問答のようだ。継続の大切さを、記憶に粘る言葉であらわしている。

「成功するには、成功のハードルをできる限り下げること」

大きな目標を掲げすぎて、挫折して辞めてしまう人が多い。例えば「生きていること」をハードルにすれば、続けることができて、成功のチャンスも生まれ

る。

僕は事業の経営者として、まだとても成功というレベルではない。全然満足もしていない。ただ、なんとか10年、今まで継続できたのは、このような成功者のアドバイスが頭にあったから。というわけではない。

色々とやっているうちに、あっこれが、あの時のアドバイスにつながるのかと、「あとから」わかって、それが少し自信になり、続ける原動力になったといえる。

「うまくいくかどうかまで深く考えすぎず、とりあえずやってみよう」

このメッセージも、多くの本で、様々な表現で語られている。

パソコンの家庭教師事業「ゆびおと」を一緒に立ち上げたヨネちゃんは、温和でいつもニコニコしているが、打ち合わせの際に語気を強めることもあった。

「できない理由を探すことから始めるな」

新しいことに取り組む際に、議論が否定的になりかけると軌道修正してくれた。数多くの事業を立ち上げた経験からでた言葉には力があった。

ある時、あっそうか、これがこういうことなのだ、と気づいた瞬間があった。

それは、あるオフの日の出来事だった。

東京の奥多摩にある、御岳渓谷は高尾山と並び手軽な景勝地として有名だ。この山道を、仲間10名で歩いている時だった。突然雨が降ってきた。山の天気は変わりやすいので、特に驚きはしない。しかしその日は、山に慣れていない仲間がいた。一人の若い男性が言った。

「なんか雨が降ってきて、テンションが下がるかと思ったら、逆に楽しくなってきました」

わかる、わかる。ちょっとしたハプニング。まだ本降りではないし、雨具は持っている。仲間も一緒。山では油断は禁物だが、深刻になるレベルではない。つづいてもう一人の女性が言った。

「出発前にこの雨だと、面倒になって出てくるのが嫌になっていたかも。でも、途中からだと、思ったほどじゃないですね」

その時、同行の、ちょっと禿げたおじさんが、妙手を放った。

「そうでしょ、○○ちゃん。禿げている人とは、付き合えないかもしれないけど、付き合っている人が、禿げてきちゃっても大丈夫でしょ」

一同爆笑である。

そうなのだ。ある現象に対応できるかどうかは、その現象がいつのタイミングで起きるかで、大きく違うのだ。最初から、途中で起きるかもしれないトラブルが怖くて、一歩が踏み出せない人にはこう言おう。

その心配するトラブルは、もし途中で起きても、多分大丈夫ですよ。一歩を踏み出すことのメリットのほうが、大きいですよ。

今気づいたが、この本を書いていることもそうだった。

「とりあえずやってみよう」

これである。

かなりの想定外

サイトを立ち上げた当初、「37歳年上の親友」のSさんからもらった2つのアドバイスがずっと心に残っている。

「想定外のことは起きるものだと覚悟しておくといい」

「事業がうまくいくまで頑張り続けられたら、たいしたものだ。事業がうまくいってからも、奢らず変わらず頑張り続けられたら、本当にたいしたものだ」

二つ目はまだだが、一つ目のアドバイスは実感できるようになった。

「想定外」という言葉を震災以降よく耳にするようになった。否定的な意味で使われることが多い。僕は事業を立ちあげて多くの「想定外」に出会ってきた。そしてこのアドバイスに助けられてきた。

「想定外のことが起きることを、想定しておく」

ノーガードはもろに衝撃を受ける。あらかじめ心の準備をしておくと、ショックは少なくてすむ。

これを知恵として知っていることと、覚悟として腹に落としていることは、確かな差がある。腹に落とすには、経験を重ねるしかない。

ロンドン五輪に沸いた2012年の夏。ある日の早朝のことだった。突然、オフィスを兼ねている自宅に、某県警サイバー犯罪防止課の捜査員がやってきた。寝起き直後でまだ頭が働き始める前、玄関で二通の令状を読み上げられた。被疑者は「不詳」だが、僕の会社に対する令状だった。

５分後、段ボールを手にした捜査員８名が自宅に入り、家宅捜索が始まった。不正アクセス防止法違反の容疑だった。文字どおり寝耳に水。いや、氷水というべき出来事。まったく身に覚えがなかった。（あとでわかったことだがシステムを預けていた会社の内部紛争の飛び火だった。そのあと直ちにシステム会社を変更した）

パソコンや携帯など一切の電子機器類、手帳やメモ、定款や契約書など40数点が、つぎつぎに段ボールに詰められ押収された。頼んだ覚えはないが、労せず断捨離に成功だ。時計を見ると午後２時をまわっていた。事情聴取は７時間もかかっていた。

「今度はそうきたか」

捜査員が帰ったあと、ガランとした家の中を茫然と眺めながらつぶやいた。喉が渇ききっていたことにその時気づいた。朝からまだ水一杯口にしていなかった。

容疑が完全に晴れるまで３か月。捜査の名目で自分のサイトが停められたこともある。悔しかった。メンバーには緊急メンテナンスと説明するしかなかった。長い3か月だった。

あれから3年。いま思えばあれは、注射のようなものだった。事業のさらなる成長に必要な注射。そして3か月は、注射後の必要な安静期間だった。

自暴自棄にならず、結果としてそういう期間にできたのはなぜか。創業から7年間、大小さまざまな「想定外」のことを経験していたからだろう。元々自分に備わっていた力ではない。

そしてこの事件にはもう一つの「想定外」があった。友人の会社にまで家宅捜索が入ってしまったのだ。従業員も何が何だかわからず混乱したにちがいない。彼には善意でいろいろと事業の協力をしてもらっていた。それに応えるどころか、とんでもない迷惑をかけてしまった。そのとき友人は、動揺する社員に対して即座にこう話したそうだ。

「根本が間違いを犯すはずがない。それは自分が保証する。これはなにかの間違いだから、とにかくまず落ち着くように」

彼は社会人一年目からの同僚。いまはお互い会社を離れて時間が経っていた。

それにも関わらず彼の熱い言動。なんと言っていいのか、言葉が見あたらない。

これから僕が生きていく上で大事なものが、一つ増えた。想定外のことがマイナスばかりではない。これはかなりの想定外だった。

リスクマン

「どうやってリスクを避けるかではない。どうやってリスクと仲良くなるかだ」

「37歳年上の親友」のＳさんの言葉だ。あの方は商社で活躍する審査マンだった。

今から15年ほど前のことだ。商社から社内ベンチャーで飛び出て、同僚４人と小さな会社の経営を任された数年間があった。そのとき僕は財務担当、そしてリスク担当になり「リスクマン」を拝命した。

リスクとは何だろう。

狭い道、制限速度をはるかにオーバーして走る車。これは誰にとってもリスクがある。起業はどうか。安定収入を捨て未開の地に一歩を踏みだす。リスクが高いという人も多い。安定しないことが大きなリスクと考える人だ。一方、リスクヘッジのために独立する人もいる。その人にとっては、あとで後悔することが最大のリスクだ。過ぎた時間は戻らない。同じことをリスクと考える人、考えない人がいる。そんなリスクもある。

リスクを何とかしたい。こんな気持ちになった時、ふつう2つを意識する。

「そもそも『事』が起きないようにする予防」

『事』が起きたとき被害が拡大しないようにする軽減」

火事で考えてみる。火事が起きないようにする設計や設備。これは予防だ。スプリンクラーの設置や燃え広がりにくい建築資材や保険は、損害拡大の軽減だ。スプリンクラーをつけても火事の件数は減らない。

予防と損害拡大の軽減。この2つは車の両輪で、どちらか片方だけでは不十分。

ただこの両輪を意識する前に、もっと大事なことがある。忘れがちな視点がある。それは、最大のリスクが何かということだ。

カンボジアの地雷原を考えてみよう。１平方キロに１００個の地雷が埋まっている地雷原は、見かけのリスクは高い。地雷原が安全だという人はいない。だが周囲の住民はもちろん、観光客も皆ここが危ないとわかっている。看板もでている。

東京の代々木公園に、１平方キロに１個だけ地雷が埋まっているとしよう。確率的なリスクはカンボジア地雷原の１％。しかしまさかそこに地雷があるとは誰も思わない。どちらのリスクが高いかは明らかだ。

イメージできないものは、マネージできない。

予防も損害拡大の軽減も、そもそも気づかなければできない。

万人に共通の最大リスクは、「気づかないこと」だ。大きな災害や事故は、すべて気づかなかったことから起きている。

あなたがいま、どの保険に入るか迷っているとしよう。実は迷っている時点で、すでにリスクはすこし減っている。リスクの存在に気づいているからだ。

レンタカーの車両保険がわかりやすい。保険に入らなければ、より気をつけようという意識が芽生える。保険に入らずリスクを減らす。家計に少し役立つかもしれない。

リスクは恐らくそんなに悪い奴じゃない。悪さもするが、うまく付きあえば一段上の幸せが待っている。英語では、リスクをエンジョイする、という表現もある。

「気づく」

これは、リスクと仲良くなるキーワード。リスクはその存在に気づいている限り、そんなに恐いものではない。リスクのままでいてもらおう。

引継ぐか、引継がないか、それが問題だ

商社勤務時代、同僚にひとつ嬉しい称号をもらった。

「同期で一番早く部長になった男」である。しかし、仕事のことではない。

入社1年目の終わり頃、部員約100名の囲碁部の部長を、「37歳年上の親友」から引き継いだ。引継書はなかったが、その代わり、囲碁部の中心メンバーが押

印した誓約書が用意されていた。

「私は、根本新囲碁部長の指示に従い、協力し、囲碁部を盛り上げるべく、これからも積極的に参加することを誓います」

僕の次に若い部員でも20歳は離れていた。そんな子供のような歳の部長の誕生に、「37歳年上の親友」は一抹の不安を覚えたのだろう。部員の参加率が下がるのを恐れたのだろう。

部の細かい運営ノウハウはいつでも教えられる。大事なことは人心掌握につきる。あれは簡潔で的を射た、最高の引継書だった。

これは仕事の方の話だが、入社から4年後、最初の配属先から異動になった。そのとき引継書の作成を命じられた。

引継書は、何を書くかが、あらかじめ決まっていた。毎日、毎週、毎月、そして突発的な業務の四種類を記載する。なぜその内容なのか説明は無かった。

本当は、引継ぐ業務よりも、引継ぎがないことを書きたかった。

今までやってきたことで、これからは、やらなくてもいいこと。つまり、引継がないこと。そこに最大のエッセンスがある。なぜ今までやってきたのか。そしてなぜこれからやらなくてもいいのか。その理由を引継ぎたいと思った。

「引継がない事」には、僕の4年間の試行錯誤とノウハウがつまっている。そこにフォーカスしたかった。やってきたことの、成果の自慢ではない。進歩のヒントは作業を辞めた理由の中にある。そう思っていた。

引継書といえば、後任の担当が仕事を引継ぐためのものだ。だから滞りなく業務ができればそれでいい。普通そう考える。だがそれでは、単なる手順書になってしまう。仕事という製品の、説明書になってしまう。引継書を書くほうも読むほうも、頭を使わなくなってしまう。

単なる手順書、説明書は僕でなくても書ける。僕でなくても書けるものは、僕が書く意味がない。生意気にもそう考えていた。いま思えば半分正しく、半分間違っていた。

話はすこし外れる。オバマ大統領はコピーを自分でとるだろうか。多分とらないだろう。自分しかできない事に時間を割かなければならない。要職中の要職だ。

あの時の僕は、恥ずかしながら自分で勝手に要職だと思っていた。実際はまだ

４年目のペーペーである。要職どころか養殖中にすぎなかった。あまり笑えない。もっと謙虚に、もっと何でも素直に取り組む姿勢があってもよかった。

みんな気づいているはずだ。本当は引継書なんて、無くてもなんとかなる。誰かがどうせすぐ教える。あのとき、できれば引継ぐことの記載は全部省略したかった。無ければないで、後任は必死に頭を使うに違いない。

10分後の番組を録画したいが操作がわからない。ＤＶＤレコーダーの説明書が見あたらない。こういう時に能力は進化する。説明書を読まないから進化する。

異動の際には、引継ぐ業務を記載した引継書を残さなければならない。

その習慣を、引継ぐかどうか、一度考えなおしてみるのもいい。

第5章

そして人生で大切なことは、シニアに学ぶ

あなたが偉いかどうかは、私が決めます

歳ではなく中身で付き合う。年上の方に対して礼儀はわきまえる。人生の先輩であることにリスペクトは当然。しかし、そこから先は何歳違おうと、人対人の付きあいだ。

こう思えるようになったのは、どうやら、囲碁を小さい頃からやってきたことが原因のようだ。

あの頃、毎週末のように近くの碁会所に出かけた。中学生の僕でも、父や祖父ぐらいの年齢の方と楽しく交流できた。歳が上ということでかしこまる習性。全く身につかないまま大人になった。いや、正確にいえば、身についていない自覚すらなかった。社会人になって、同僚が年配の方と話をしている様子を見て気がついた。なんで皆こんなに、かしこまっているのだろう。

「俺を年寄扱いするな」

「俺を若造と一緒にするな」

多くの『シニア』は、こんな矛盾を心の奥に持っている。かしこまりすぎるの

も駄目。無礼なのももちろん駄目。普通がいい。このことに気づいて行動できる同世代が、圧倒的に少ない。僕は意識して身につけた覚えがない。

社会人になって、「年齢」に加えて「役職」というもう一つの階段が登場した。僕は年齢と同じく、もう一つの階段もあまり気にならなかった。

新人の時、席は廊下に近かった。課長の席まで5ｍあった。5ｍ進むのに20年。1年で25㎝。ウェゲナーの大陸移動説では、年に何㎝動くのだったか。こんなにゆっくり動いてはいられない。そんなことを入社日に考えた。年齢だけでなく、役職の階段もあまり気にならない。囲碁の副作用というべきか。社会人にとっていい副作用かどうかは、人によって分かれるかもしれない。

新人研修で基本的なマナーは教わった。失礼にならないよう日々振るまうことは、簡単だった。しかし、小生、小員、小職。こうした小の文字をつける習慣には馴染めなかった。毎日毎日、小、小、小。いったいどれだけ小さいのだ。本当に自分が小さいと、相手が大きいと思っているのか。

「一目を置く」という言葉がある。一目とは一個の碁石の意味。囲碁では、弱い方が最初に一目置いてから対局を始める。そこから、相手に敬意を払う、の意で使われるようになった。社会に出て不思議な現象に遭遇することが増えた。一目を置くのは「置く」だから、自分だと思っていた。しかし時に、一目を置いてくれと頼まれるのだ。「置く」から「置け」へ。おかしな話だ。敬意は発露するもの。強制されるものではないはずだ。

それが人ではなく建物ならば別だ。頭を下げなければ入れない茶室。地位をリセットして一人の人間として入ってきてほしい。そんな感情がデザインされている。素直に一目を置く気持ちになる。日本が誇る文化である。

仕事中だろうが監獄のなかだろうが、他人が決して制御できない場所が一つある。それは頭のなかである。心である。その自由な場所への侵略者とは、断固闘わなければならない。そうでないと生きている意味がない。

ただ年上というだけで、かしこまる習慣。相手への特段の敬意なく、自分に小をつけてしまう習慣。これらが、敬意の強制というおかしな現象を起こしているのだろうか。

僕はこれからも、囲碁に携わる者として「矜持」を持とう。自分で一目を置いていくのだ。

ぼけを鍛えてボケ防止

ぼけには二種類ある。

「ぼける」。笑いを起こそう、印象に残そうという意思から生まれる。ぼけとつっこみ。お笑いで担当が決まっている。

「ボケる」。うっかりする。覚えたことをすぐ忘れる。加齢とともにひどくなる症状だ。

ここでは、ひらがなとカタカナで区別したい。

「ぼける」のは、そんなに簡単なことではない。

まず、ぼけたいと思うことが必要だ。気持ちが沈んでいる時。泣きたくなっても、ぼけたくならない。無理にぼけて無視されたら、もっと泣きたくなる。そもそも話す相手がまわりにいなければ、はじまらない。「ぼける」には明るい気持ちと、明るい仲間が必要だ。

次に、ぼけたことを、気づいてもらわないといけない。気づかれないと、生まれたての「ぼけ」が単なる発言として流れてしまう。生モノだから賞味期限は約

3秒。なんとも足のはやい生モノだ。気づかせるにはテクニックが必要。トーク力に笑顔の力。ぼそっとつぶやいていては、気づいてもらえない。相手を喜ばそう、驚かそう、のサービス精神も必要だ。

そして、ぼけるには常識がなければならない。常識を知らないのは非常識。ぼけるとは、常識を知ってはずすこと。これが常識はずれだ。非常識と常識はずれは似て非なり。ぼける人は、常識はずれの常識人だ。

こうみてくると、社会で「ぼけている」人を見る目が変わってくる。

お笑いの役割分担は、視点をずらすか、ずらさないかの違い。どれだけ視点を常識に近づけられるか、それが、つっこみ担当。どれだけ視点をずらせるか、それが、ぼけ担当。ぼけ担当は、つっこみ担当よりも外の世界での活躍が目立つ。北野武や松本人志は、映画監督としても有名だ。

囲碁のプロ棋士同士の対局で見ていて面白いのは、ぼけるタイプとつっこむタイプの対局だ。もちろんおしゃべりしながら打つわけではない。盤上の着手が、見たことのない独創的な「ぼけるタイプ」と、常識的な「つっこむタイプ」の戦いは、見るものを魅了する。常識が勝つか常識はずれが勝つか。そういう対局は、常識同士のレベル争いとなる対局よりも、ワクワクする。

ぼけることは、つっこむことより難しい。どんなことにも、つっこむことはできる。しかし、どんなことにも、ぼけができるとは限らない。

だから人は自然と、つっこみポジションを取りがちとなる。ツイッター上で、つっこみの人が目立つのも当然だ。それを怒ったり眉をひそめたりしても、無駄である。人が集まるところで発生する、自然現象だ。

つっこむことは、悪くない。つっこみポジションも社会に必要だ。ぼけを輝かすのは、つっこみだ。しかし、自然に任せていると、自分の中も社会全体も、つっこみ偏重となる。笑顔がだんだん少なくなってしまう。

さて、症状の「ボケる」をみてみよう。刺激がない毎日、会話がない毎日、これをくりかえすと、人は簡単にボケてしまうらしい。ボケないようにするには、どうしたらいいか。脳の専門家ではないが、よく笑い、よく笑わせるのがよさそうだ。脳にいい刺激を与え続けるのがいい。

笑顔のまわりには、笑顔が集まる。当然つっこむよりは、ぼけるほうが、自分も、周囲も笑顔になる確率は高い。ぼける力を鍛えれば、ボケ防止につながるのだ。

すべての人を、つっこみ型、ぼけ型、2つに分けるとする。皆さんはどちらだろうか。完全つっこみ、完全ぼけ、でない人も多いだろう。例えばつっこみ7、ぼけ3のハイブリッド。自分ではよく判定できないかもしれない。友人に聞いてみよう。そして意識的に、ぼけの比率をあげるよう、努力してみよう。7：3の人は、5：5を目指すのだ。

ぼけることとは、特別難しいことではない。練習次第でだれにでもできる。つっこみが得意な人。つっこむことができるなら、つっこみどころを自分で作ればいい。少しずつでも、ゆっくりでもいい。「ぼける」を日常に取り込んでみよう。

「ぼけてるね」

最近これを、褒め言葉として受けとるようになった。それがボケの始まりでないといい。そう思っている。

いつの今か

昨年「今でしょ」という言葉が注目を浴びた。迷っているならやってみよう。そんな前向きなセリフ、つい使いたくなる。

ここで質問がある。あなたの今は「いつの今」ですか。今週のですか、今月のですか、それとも今年の今ですか。

手帳はいつも週ベース、月ベースのところしか見ない。今は、自分の人生の中でどういう一点なのか。最近考えたことがない。そういう人が多いのではないだろうか。先日、『シニア』のメンバーと話をしていて気がついた。

先が短いシニアの視線は、じつは遠くにそそがれている。

先が長いビジネスマンの視線は、近くにそそがれている。

あと何年生きられるか。そこから逆算するからシニアの視点は自然と遠くになる。仕事に追われるビジネスマンは、曜日を意識する。週初め。週半ば。週末。今日がいつの今か、その視点を持たないまま、毎日、毎週、毎月と過ぎていく。

「今なにしていますか」

例えばこれを書いている自分に質問してみる。以前はこう答えていたはずだ。

「今週は忙しくて筆が進みませんでした。しかし明日までにこの部分の執筆を仕上げようと思っています。急いで書いているところです。全体の執筆完了は今月末を目指します」

次に、「いつの今か」を意識して、同じ質問に答えてみる。

「30代は、囲碁業界の中で事業を成功させること、存在感をあげることに一生懸命でした。40代半ばに差しかかった今、これから30年間は今まで培った経験をもとに、社会への影響力を意識して活動していきたいです。その一環として今、本を書いています」

全然違う答えが出てくることに、自分でも驚く。

「今を生きろ」

これはよく聞く言葉だ。過去にしばられず、未来を見すぎず、今を一生懸命生き抜く。その今を輝かせるためには、今がどんな今なのか、一度立ち止まって考えてみよう。

プロ野球の名捕手、野村元監督は、投手に投げさせる次の一球について、こんな話をしていた。普通の捕手は、この打席をどう打ち取るか考える。チームを代表する捕手は、次の打席の事も考える。リーグを代表する捕手は、試合全体を考える。そして愛弟子の古田は、今シーズン全体を考える。

５秒後に迫る次の一球を、今シーズンの一球として考える。たしかなことは、その視点を持てる2人が、秀でた成績を残した名選手だったということだ。

サッカーの名手は、バードアイ、つまり鳥の目を持っている。ピッチを走り回りながら同時に空から俯瞰する目を持っている。だからいいプレーができる。

囲碁でも、部分にこだわらず盤面全体を見渡して次の着手を選べる人が強い人だ。そして次の一手に、未来の構想を込められる人が強い人だ。空間も時間も俯瞰する力が求められるゲームなのだ。

僕らもたまには鳥になってもいい。「時空」という名の空に舞いあがり、「今」を遠くから、遠い未来から眺めてみるのもいい。きっとプレーの質があがるだろう。

カスタマイズの時代

最近お笑い芸人で、一発屋と呼ばれる人が目立たない。いよいよ、カスタマイズの時代がやってきた。一発屋がなぜ一発屋か。それは、カスタマイズしていないからだ。わかりやすさ、インパクト重視の芸。時や相手を選ばず、すぐに真似が出来るから広まりやすい。爆発力があるが、飽きられるのも早い。故に一発屋となる。

一方、長く売れ続ける芸人の芸は、カスタマイズがベースだ。最近起きた話題や、その日の相手、客層、天気。何でもネタにする。カスタマイズされたトークは面白い。どこかで聞いたことがあるような話だったらつまらない。

『シニア』はカスタマイズを求める傾向が強い。一緒にパソコン家庭教師事業を立ち上げたヨネちゃんが繰り返し力説していたのを思い出す。

「私はいつも若い人たちに囲まれて仕事をしていますが、パソコンには四苦八苦。どうもパソコンは、機嫌の悪いときがあったりする未完成な道具だと決めつけています」

これからパソコンの指導を受けようとするシニアに向けて、同じシニアとして発信したヨネちゃんの言葉である。こう続けた。

「クルマの運転ができると行動範囲が広がるように、パソコンも使いこなせば自分の時空間を広げてくれます。私の場合はゴルフやジャズ、囲碁など趣味の奥行が深くなりました」

パソコンの家庭教師といっても、パソコンを教えるのではなく、パソコンを使ってあなたの世界を広げるお手伝いをしますよ、というメッセージだ。テキストを使って指導するパソコン教室とは一線を画して、カスタマイズされたサービスを提供する意思がこめられていた。

社団法人「全日本囲碁協会」の中心メンバーUさんのメールには、しばしば慣用句や言い回しが添えられる。表現は一般的でも、その時、その話題の発信としてカスタマイズされているから、はっとさせられる。素直に心に響く。

会議で皆の意見がまとまらなかったことを連絡したら、すぐに返信が届いた。

「今は各人が思うところを勝手にガンガン言ったらよい。そのカオスの中から、自然秩序が生まれる。まさに『君の先に道はない。君の後に道は出来る』ですよ」

スポンサーとの交渉を急ぎますと伝えたらこう返ってきた。

「性急に事を急ぐ必要はありません。交渉ごとは熟柿の落ちるがごとくが大事」

シニアの言葉は、たいていトーンが低く、表現も抑えられたものになる。だが細部に目を配られた一言は、小声でポツリと発せられたとしても、しばしば本質をつく。その言葉は、広く一般に向けた本や講演とは違い、「カスタマイズ」されて届けられる。シニアの言葉を、本や講演と同じく、いやそれ以上に自分の「学び」にできるかどうか。それはシニアを単なる「人生の先輩」と思わない意識がカギとなるだろう。

物の力や話の内容だけで勝負する時代は、もう終わった。その物やその話が、その人にとって何なのか、その人の毎日を、未来をどう変えるのか。それを伝えてあげる「カスタマイズ力」がカギとなる。カスタマイズの時代なのである。

気づきの名手

「あなたは、頭が悪いだけじゃなくて、血流も悪いからここに座りなさい」

久しぶりに実家に帰ると、いつもこの調子で母から言われてしまう。前段は余計だが、たしかに僕は、極度の冷え性。血流は悪いほうかもしれない。見ると、最近購入したらしい新兵器が、リビングの椅子に附いている。電気が流れて血流を活発にするようだ。早速、椅子に座ってみた。ビリビリしている僕に向かって母が言った。

「この前、枯れかけのシクラメンをそこに置いたら、花が咲いたわよ」

驚いた。どうしたらこの椅子に、試しにシクラメンを置いてみようと気づくのか。

「あなた今日は車でしょう。だからアサリの酒蒸し、お酒使わなかったわよ」

さすがに細かいところまで気づく。いや、気づきすぎだ。酒を入れない酒蒸し、それは単なる塩茹でだ。そんな母は、全方位的な「気づきの名手」かというと、そうではない。

父と二人でのイタリア旅行をした時のその様子を、母が撮影したらしい。帰国後、さあお楽しみの上映会となり、どんな旅行だったのだろうかと期待した。映像が始まった。なんと全編、タテよこ逆で撮影されているではないか。

「あらっカメラと勘違いして撮っちゃったわ」

と笑う母。私も弟家族も、首を90度横にしながら見るはめになった。この上映会の様子こそ録画したい。

「ここに手ぶれ補正って書いてあるけど、映った手を取り除く機能は、ないのかしら」

あるはずがない。首を横にしていて気づくのが遅れたが、たしかに母の指がずっと映りこんでいた。録画機には、世界最高レベルの手ぶれ補正とあった。それをものともしない、ひどい手ぶれの映像が続いた。

「私この前、オリコカード作ったのよ。これすごく便利なの」

新しいもの、宣伝にはすぐに乗ってしまうタイプだ。

「どう便利なの？」

「マスタードが附いているのよ」

「そんな辛いカードはないよなぁ」

僕は小さくつぶやいた。母には聞こえなかったようだ。何度も何度も繰り返すマスタード附き、オリコカード。


「おばあちゃんは最近もの忘れがひどいから、いい物買ったのよ」

孫たちを前に、自慢気にＩＣレコーダーを取り出す母。

「これ小さいけど、録音できるの。忘れそうなことを、ここに入れておくのよ」

「へぇすごーい。おばあちゃん、これどうやって使うの？」

「あら、最近使ってないから、忘れちゃったわよ」


妹の結婚式の直前のことだ。両家顔合わせの宴が、とある鳥料理店で開かれた。遠くアメリカ西海岸から、ご両親含め家族４人がやってきた。妹が通訳しながら両家の面々は和やかに食事を楽しんだ。

予想通り母は、最初から舞い上がっていた。英語と日本語、中途半端に混ぜて、何とか会話に参加しようとしたが、どちらもひどい。こちらが親の気分になる。

しかし、さすが気づきの名手。誰よりも早く、追加注文の必要に気づいた。鳥料理には欠かせないネギの皿が空だった。受話器をあげる。部屋が離れなので追加注文は内線電話でしなければならない。

「すみません、オニオン2皿ください」

「えっ、はい。そう。オニオン、オニオンよ」

残念ながら二重に間違えている。英語でたのむ必要がまったくない。そして追加したいのは、玉ねぎではない。

母を見ていてこう思う。どんなことにも興味をもつ。躊躇せず、思いつきを行動に移す。この動きを繰り返していると、人が気づかないことにも気づく。と同時に、人が普通気づくことに、気づかない。数打ってたくさん気づき、たくさん失敗するか、何も打たないで何も起きないか。極論すればこういうことかもしれない。

ひとつ確かなことがある。周囲の笑顔の総量は、母のおかげで増えている。

気づきの名手は、実はうっかりの名手だった。そして笑顔を増やす名手でもあった。

周囲を照らす「気づく力」

大勢の『シニア』と親しく交流していると、気づくことがある。

プラス思考を繰り返して楽しく明るく生きている人がいる。この人は、マイナスの出来事の中から、プラスの面に気づく力を持っている。そこに意識を集中して発信するから、自分も周囲も明るくなる。そういう循環が起きている。

また母に登場してもらおう。父とのイタリア旅行のときのことだ。有名な青の洞窟で、母はカメラを盗られてしまった。楽しみにしていた海外旅行のその最中に、大切なカメラとすでに撮った写真を無くすという大トラブルだった。普通ならがっかりして、少し落ちこむかもしれないところだ。

しかし母は違った。そこから持ち前のアピール力、社交力、誇大表現力をフル稼働した。同じツアーのメンバーに、次々と事件の様子を（おそらく少し脚色して）報告したのだ。

すっかりメンバーの中で有名になった母は、そこから先の観光地では、常に誰かから写真を撮ってもらえた。帰国後にツアーメンバーから、何枚もの写真と手紙が届いた。

この事件で、母はデジカメとそれまでに撮った写真、2つを無くした。しかし、想い出、そこから先のたくさんの写真、仲良くなった人、この3つを増やした。「気づく力」で見事にトータルプラスにもっていった。

「写真、こんなにたくさん撮ってもらったのよ」

百枚以上の写真を見せながら、母は笑っていた。隣に少し呆れ顔の父がいた。

一年後の父とのフランス旅行のときも母はパリで財布を無くした。すられたのか、落としたのか。ハッキリしないが、相変わらずのトラブルメーカーだ。帰国後、話を聞いて驚いたのが、父の言葉だった。

「母さんが財布を無くしたおかげで、パリの警察署の中で1時間以上も過ごすことができた。ツアーにも入っていない貴重な経験だ」

父は母とは真逆の性格だから、息子の予想としては、母を怒るか、海外は危ないと機嫌を損ねるか、どちらかだろうと思った。しかし予想は見事に外れた。母の「気づく力」が周囲を明るく照らし、父に移った瞬間だった。

リトマス試験紙

リトマス試験紙を最後に手にしたのはいつだろう。どんな形をしていたか、記憶が消えかけている。仕事で毎日使うポストイット。あの小さな紙に似たものだったかもしれない。

赤色のリトマス試験紙は、アルカリ性に触れると青色に、青色のリトマス試験紙は、酸性に触れると赤色に変わると小学校で教わった。

30年も忘れていたが、昨年、母の日に思い出した。アジサイは土が酸性だと青色に、アルカリ性だと赤色に咲くらしい。

「この花は土のリトマス試験紙やあ」

食の著名コメンテーターだと、こう言うかもしれない。だが、色の変化がリトマス試験紙と逆だった。なぜ逆になるのか。僕の中ではまだ不思議のままだ。

このリトマス試験紙、何かに使えないだろうか。自分のトーク、発信の独自性チェックに。

独自性に触れると青色に。一般性に触れると赤色に。そんな紙があれば面白い。競合がまだいない未開拓市場は、ブルーオーシャン。競争相手だらけの一般市場は、レッドオーシャンというそうだ。丁度いい。

そもそも独自性とは何だろう。どこかで聞いたことあるような、ないような。このラインがボーダーだろうか。漢字3文字ですぐ書けるが、そんな簡単に青色になるのだろうか。

独自「性」というからには、一瞬、一発芸ではだめだ。継続するもの、性質でなければならない。だから、奇抜（UNUSUAL）ではなく、独特（UNIQUE）を目指さなければならない。

周囲を見てみると、面白いなと思う人はだいたい発想も行動も独特だ。一方、すごいなと思う人は不思議に独特と感じない人もいる。これはなぜだろう。すごい人は、予想の範囲内ですごい。普通の人の倍の営業成績をあげられる。10人抜きで社長になった。そのすごさが、予想という名の縦軸上で動いている。独自性は、予想が外されたとき、つまりその軸が横にずれた時に生まれる。

囲碁のプロでも、すごい人が一流になっている例は多くある。だが、超一流はみなすごいだけでなく独特の感性をもっている。縦軸で上に振り切れているだけでなく、横軸にも挑戦しているからトップの中のトップに立てる。これは囲碁に限らず野球でも料理でも、どの世界でもそうだろう。

すごい人のリトマス試験紙が、必ずしも青にならないというのは、すこし元気がでる観察だ。自分も頑張ってみようという気になる。

独自性の簡単な作り方、と言っていいかどうかはわからないが、こんな方法はどうだろうか。

本やテレビ、雑誌、誰かとの会話などで、これは面白いと思った情報をどこかにしまっておく。ただしメモはとらない。「いい加減な記憶」として保管しておく。一生懸命覚えようとはしない。記憶の粘り具合、自然の成りゆきに任せるのだ。

それをいつの日か、友人との楽しいトークに活用する。いわば、「いい加減なパクリ」である。いい加減であるため、出す時に自分の中に元々あるものと、自然と化学反応を起こす。これが狙いだ。いわゆる「おばあさんの知恵袋」は、こうしてできたものなのかもしれない。

いいネタだからきちんと覚えておこうとすると、どうしても正確に出そうとしてしまう。インプットしたものを、綺麗にアウトプットしようとする。胡瓜をラップで包んでぬか床にいれて、また出すようなものだ。もったいない。

僕らはみな発明家、というわけではない。だが独自性はそんなに凄いものと思わなくていい。誰しも自分だけの「アイデアのぬか床」を持っている。その中に「いい加減に」、いいネタを放り込む。あとは自然に任せて「いい加減に」出せばいい。この循環を気軽にたくさん起こせばいい。楽しい結果が待っていそうだ。

さてこの本をリトマス試験紙につけると、何色に変わるだろう。出来れば赤のリトマス試験紙が青に変わってほしい。赤から青に。信号が変われば2冊目に進めるだろう。

心にも青汁を

「好き嫌いなく食べなさい」

子供の頃よく言われたのを覚えている。

成長期に栄養バランスを意識して食べるようにしつけられる。あのころ我慢して人参を食べた。子供にはおいしく感じることができなかった。

いま40歳をとうにすぎ、食生活への意識が変わった。「食べたいもの」から「食べたほうがよいもの」に意識がうつった。ちかごろコンビニお惣菜コーナーの充実ぶりが素晴らしい。身体の栄養バランスを気にする人が、増えている。

身体のバランスがあるならば、心のバランスもあるだろう。好きなものを食べてばかりでは、栄養が偏る。ならば、好きなことだけをしていても、栄養が偏るはずだ。実際はどうだろう。

「好きなこと」
「やらなければならないこと」
この2つから優先順位を決めて毎日が過ぎていく。好きでもなくやらなくてもいいことに気をまわしている暇はない。大勢の『シニア』と毎日接しているからわかる。身体の栄養バランスは意識しても、心の栄養バランスを意識する人はすくない。

やらなければならないことを効率よくかたづけ、やりたいこと、好きなことに時間を割く。忙しい毎日を楽しく生き抜く技術だ。しかしこの技術を磨いているだけでは、知らぬ間に栄養不足になる。

なぜ栄養不足といえるのか。それは、やらなくてもいいと思えることの中に、自分を幸せにする種が埋まっているからだ。もっと幸せになれる可能性を、知らぬまに逃しているからだ。

人は歳をとるにしたがって、新しい自分に気づく機会が減っていく。「心の栄養不足」になっていく。だがこれは、身体の栄養不足とは違って、不調を気づかせてはくれない。自分で積極的に意識するしかない。

心にも青汁を、飲ませてあげよう。

すごい人より面白い人

周りをみてみよう。すごい人。面白い人。それぞれ浮かぶだろう。

すごい人。何がすごいかはそれぞれだ。

すごいとは縦の伸び。技術、業績、成績。次々に事業を起こし成功する起業家や、営業成績が3年連続社内でトップの営業マン。これはすごい。会社がどんどん有名になる。営業成績のトップがさらに5年続く。すごさは増す。ただそのすごさは予想の範囲内だ。縦の伸びは軸が同じだから予想できる。

面白い人もいる。何が面白いかはそれぞれだ。

面白いとは横の伸びだ。趣味や興味、話題の幅が広い、話が面白い、視点が面白い。次にどんな話が飛び出るか予想がつかない。その面白さは予想の範囲を越える。横の伸びはどの方向にどれだけ伸びるか予想できない。

すごいけど面白くない人というのはけっこう周りに多い。なぜか。それはすごさの開発に注力してきたからだ。面白さの開発に目がいかなかったからだ。すごさを伸ばす場所は色々ある。しかし面白さを伸ばす場所は限られている。それはたいてい会社の外にある。

すごいけど面白くない人。そのあと面白くなったのをあまり見ない。すごさだけが増していく。面白いけどすごくない人。5年10年たつとすごくなることがある。面白さにすごさが加わる。その瞬間に大きくジャンプする。この跳ね具合はすごさのジャンプよりも大きい。

『シニア』になると、現役時代に目立たなかった「面白さの差」がだんだん目立つようになる。シニアになっても輝き続ける人は、たいてい、すごいし面白い人だ。作家の外山滋比古氏は、90歳を超えたいまも斬新な視点を社会に届け続けている。先日テレビで「日記を備忘録としてではなく、起きたことを忘れるためにつけている」と言っていた。今まで聞いたことがない日記の活用法だった。

外山氏は囲碁を嗜むそうだ。著作にもしばしば囲碁のたとえが登場する。きっと面白い独創的な着手が多いことだろう。ぜひ一度手合せ願いたいものだ。

私たちは最初、すごい人に憧れる。講演会や勉強会、セミナーでいろいろなすごい人の話を聞きにいく。そして、すごい人になろうとする。

実はすごい人を目ざす前に、面白い人を目ざすほうがいい。すごさは後からでも挽回可能だ。面白さは若いころで勝負が決まる。

まず面白い人を目ざそう。

気づきの泉

僕が7年前から年に数回、ご自宅に伺ってパソコンと囲碁の指導を行っているIさんは、85歳になった今も年の半分以上は海外を飛び回り、講演やコンサルティングで活躍されている。

あるときIさんに囲碁を教えながらふと気づいた。Iさんは知識を得ようとしているのではなく、自ら気づこうとしていた。僕の考え方を聞き、自分の持っている知識とあわせて新しいものを生み出す糧にしようという姿勢だった。暗記に頼るのではなく、どうしたら自分らしいもっといい手が打てるのか、その方法を模索していた。その様子をみて僕は、囲碁は気づきのゲームであるという思いを強くした。

気づくは3つある。

私たちはみな、自分だけの「気づきの泉」を持っている。三種の水が、それを満たしている。

「雨水」

自然に空から降ってくる水。日常のニュースや友人のちょっとした一言。「あっそうか」の認知の気づき。

「水道水」

自分の意思で増やせる水。カルチャースクールへの通学や資格取得への挑戦などわかった、新たに知った。学ぶに近い知識の気づき。

「湧き水」

サプライズで湧いて出る水。目から鱗が落ちる。ポンとひざを打つ。はたと納得する。これが人生で一番大事な開眼の気づき。

この3つ目の気づくを大事にしたい。

この三種の水。ばらばらにみえて、そうではない。泉に降る雨水と、バケツで注ぐ水道水。この2つは、湧き水の準備をしている。泉の底から一旦、地中深くに浸みこむ。そしていつの日か湧き水となって湧き出てくる。

「気づきの泉」は、見た目の大きさで勝負してはならない。自分の意思で増やせる水道水。知識の習得に一生懸命になりすぎると、頭でっかちになる。気づけ、気づけは、気づかなくなる。

「気づきの泉」の底。赤ちゃんの時は土でできている。この底を水が溜まりやすいように、コンクリートで固めていく。その工事は「暗記学習」、「受験勉強」と呼ばれる。

底が固まると、浸みこまなくなって、見た目の泉の大きさは保てる。しかし湧き水が出なくなる。固まった泉の底は、「固定観念」「先入観」と呼ばれる。

泉の底のコンクリート工事は、誰もが人生航路の途中で行う。だが目的が達成されたら解体工事が必要だ。土に戻さなければならない。

いまあなたの泉の底は、土ですか。それともコンクリートのままですか。
「気づく」という世界では、今まで雨水と水道水、この2つが目立ってきた。どちらも気づきの泉を満たしやすい。しかしもう一つの水、湧き水が新しい自分に気づく開眼の気づきだ。修行中の僧侶のイメージだろうか。あまり注目されてないようだ。気づきの世界で気づかれてこなかった。

この開眼の気づきでレベルがあがっていく世界がある。囲碁である。囲碁ではしばしば長い期間、レベルが停滞する。気づきの泉が雨水や水道水、すなわち囲碁の知識で満たされたあと、底から湧き水になって出るまでに時間がかかる。そしていつ湧き出るか、いつレベルアップするかは誰もわからない。ある時ぽんと一段上がる。上がったところでまた停滞する。階段状で腕があがっていく。筋トレのようになめの直線や放物線をえがいてレベルがあがっていくわけではない。

かけた時間だけ成果が保証されるわけではない。囲碁は「気づきのゲーム」なのだ。そこが長い間多くの人を魅了し続けている理由かもしれない。

どうしたら、豊かな湧き水が出るようになるだろう。自分を幸せにする、ミネラル豊富な湧き水が湧き出るだろう。

確かにいつ湧くかはわからない。しかし、湧き出そうという意識から変えていくことはできる。泉の底を土に戻し、水道水に頼りすぎないようにする。

まずは自分の「気づきの泉」に気づこう。

あとがき

この本の冒頭で、シニアから学んだ視点は「言葉の感覚」と「時間の感覚」だ、と述べた。それらはいくつかのエッセーで紹介してきたが、実はもう一つ大きな学びがあったことを、言っておかなければならない。

新しい自分

僕の運営する囲碁サイト「石音」には、老若男女、8歳から90歳まで在籍している。日本全国は勿論、海外に住んでいるメンバーも一緒に交流を楽しんでいる。

10年間運営してわかったことがある。楽しむポイントがメンバーそれぞれに違う。仲間ができたこと、棋力があがったこと、勝てるようになったこと、パソコンの世界が広がったこと。

当初は勘違いしていた。仲間ができること、早く上達すること。この2つは、こうした趣味の世界では共通の目標、共通の喜びと考えていた。実際は違っていた。

仲間を作らずいつも黙々と一人で打っている人がいる。しかし寂しい思いをしているわけではなさそうだ。

なるべくゆっくり上達したい、という人もいる。一度上達すると元には戻れない。下手だった自分には戻れない。急がずマイペースで、ゆっくり前進する自分と向きあう。その時間を楽しみたいという。

あるとき気がついた。メンバー皆さんの共通する喜びが一つだけあった。

今までできなかったことができるようになった、知らなかった人と知り合えた、パソコン操作に慣れてきた。どれも「新しい自分に気づいた」ということなのだ。

新しい自分に気づく喜び。これが共通の喜びだ。

事業をやっていて、本当によかったと思う瞬間がある。それはメンバーから手紙や贈り物を頂く時である。新しい自分に気づいた喜びが伝わってくる。これがなにより嬉しい。

「私この前、いい碁が打てたのよ。先生もそう仰ってくださったのよ。あの手がよく打てましたって」

電話口からはずんだ声が聞こえてきたのは、70代の女性メンバーだ。利用していただいてもう9年になる。

「なんかまた嬉しくなっちゃって、根本さんにさっきワイン送っておいたわ」

翌日、ツイッターでついこう呟いてしまった。

「いい碁が打てたから嬉しさのお裾わけ、とメンバーからワインが2本届きました。黒と白一本ずつです。嬉しいです」

すぐに友人からツッコミがはいった。

「かなりウケます。囲碁の打ちすぎです。赤と白一本ずつでしょ」

まったく気づかなかった。まちがいなく職業病だ。余談だが、黒ワインというのは実際にあるらしいが。

京都に住んでおられる81歳の男性。この1年間で600局も楽しんで頂いている。何度もお茶やお菓子を送っていただいた。熨斗には筆でこう書いてあった。

「楽しさの御礼」

達筆だ。この熨斗は今も机のよこに置いてある。

新しい自分に気づく喜び。僕はいま、これをビジネスで生みだせることに、喜びを感じている。道具は2つだけ。囲碁とパソコン。しかし参加メンバーの数だけ喜びがある。新しい自分に気づく喜びがある。

もう一人の新しい自分

毎年春になると、チラシによくこの言葉がおどる。

「新しい自分を見つけませんか」

フィットネスクラブ、ヨガのレッスンスタジオ、音楽教室のチラシだ。

新しい自分って何だろう。

いつかやってみよう、と長年思っていたギターを、友人からもらったのを機に始めた。ギターを弾く自分、新しい自分の誕生だ。

ギターという場所で「垂直跳び」をして出会えた自分になると、今まで見えなかった景色が、高く飛んで見えるようになった。

垂直跳びがあれば、横に飛ぶのもある。

たとえば、ずっとギターをやってみたかったが、今までチャンスがなかった。あるとき友人の家に遊びにいったら、リビングにウクレレがあった。貸してあげると言われて、家に帰ってやってみたら思いのほか面白い。すぐにウクレレの魅力に魅せられた。

こんな偶然で、興味のあるジャンルのすぐ隣のものを知った。これが「横跳び」だ。「垂直跳び」とはちがって、自分の意思ではなかなか飛べない。意識は別のものにあるからおいそれとは出会えない。シニアになればその傾向がさらに強まることは、第5章の「心にも青汁を」でも触れたとおりだ。

もともと興味があったことへの新たな挑戦、「垂直跳び」で見つける新しい自分。

興味のあるジャンルの隣で「横跳び」して見つける、もう一人の新しい自分。

「垂直跳び」は、興味を伸ばすので進化系。

「横跳び」は、興味のジャンルを広げるので発見系。
進化と発見。あなたの目はいまどちらに注がれていますか。
「横跳び」で発見したら、跳んだその先で「垂直跳び」で進化することもある
かもしれない。逆はなさそうなので、横跳びがお得だ。
まず今いる場所から、ちょっと横に跳んでみよう。出会えるはずだ。
あなたが今気づいていない、あなたがこれから夢中になれることに。

平成出版 について

本書を発行した平成出版は、優れた識見や主張を持つ著者、起業家や新ジャンルに挑戦する経営者、中小企業を支える士業の先生を応援するために、幅ひろい出版活動を行っています。

代表 須田早は、あらゆる出版に関する職務（編集・営業・広告・総務・財務・印刷管理・経営・ライター・フリー編集者・カメラマン・プロデューサーなど）を経験してきました。

「自分の思いを本にしたい」という人のために、同じ原稿でも、クオリティを高く練り上げるのが、出版社の役割だと思っています。

出版について知りたい事、わからない事がありましたら、お気軽にメールをお寄せください。

【平成出版ホームページ】
http://www.syuppan.jp （メイン）
http://www.syuppan.info （説明）
http://www.smaho.co.jp （スマホ文庫）

メールは book@syuppan.jp 平成出版 編集部一同

目のつけどころはシニアに学べ

平成27年（2015）11月15日 第1刷発行
12月25日 第2刷

著　者　根本 明
発行人　須田　早
発　行　平成出版 株式会社

〒150-0022 東京都渋谷区恵比寿 南 2-25-10-303
TEL 03-3408-8300 FAX 03-3746-1588
平成出版ホームページ http://www.syuppan.jp
メール: book@syuppan.jp

発　売　株式会社 星雲社
〒112-0012 東京都文京区大塚3-21-10
TEL 03-3947-1021 FAX 03-3947-1617

出版プロデュース／若尾裕之 〈（株）未来総合研究所 http://miraisoken.net〉
編集協力／安田京祐、近藤里実
本文イラスト／岩田和久
本文DTP／デジウェイ（株）内山操子
印刷／本郷印刷（株）